貓城記

經典新版

老舍

老舍——著

貓城記

目錄

老舍先生為現代文學史上的大家，其行文習慣與用語可能與當下的用法不同，為尊重歷史原貌，本書一律不做改動。

總序

文學星座中，最特立獨行的那一顆星

秦懷冰

上世紀三十年代，由於適值新舊文化、中西思想處於強烈對接和震盪的不安時期，又是白話文學和現代藝術的創作剛好進入多元互激的豐收時期，所以，當時的文壇湧現了一波又一波令人目眩神迷的重要作家和作品。那個時代的文學星空，簡直可謂燦爛輝煌，極一時之盛。

有人認為魯迅、周作人兄弟是那個文學星空中的啟明星與黃昏星，撐起了一整個時代的文采與氣象；也有人認為胡適、徐志摩、梁實秋等「新月派」作者群係屬當時讀者公認的文壇主幹；更有人認為後起的巴金、茅盾、曹禺等左派前衛作家才是那個時代的主流與健將。

然而，無論是日後撰寫現代華人文學史的書齋學者們，或是稍為熟悉三十年代文藝實況的當今讀者們，恐怕沒有人會否認：那個總是刻意避開浮名虛譽，習慣於孑然一身、特立獨行的作家老舍，乃是當時的文學星空中持久熠熠發光的一顆恆星。他的作品所煥發的光輝和熱力，在洶湧起伏的潮流激盪中，撐起了一片人文的、鄉土的、人道的文學園圃。有了老舍的作品，現代華文小說才算是已走向鮮活與成熟。

眾所周知，本名舒慶春的老舍，是世居北京的正紅旗滿洲人，自幼喪父，家境貧寒。正因曾經家世不凡，出生時卻已淪為社會底層，所以他對世態炎涼、人情冷暖的現實社會，早有深刻而切膚的體會。憑著自己特異的天賦和不懈的努力，他青年時代即抓住機會赴英國留學並任教，同時開始文學創作。在英國，他時常尋訪當時的人文重鎮牛津、劍橋，親身接觸了西方現代文藝思潮與技法的奧妙，並與當時炙手可熱的「百花園作家圈」有過互動，故而日後他的創作中極自然地融入了諸多前衛的西方文學因素。返國後，他一往無前地投身文學創作，終身不渝。

老舍的作品，風格相當鮮明而獨特，這是因為：首先，他的語言非常鮮活，正宗北京話中又帶有胡同廝混的鄉土腔，令人一讀之下即難以忘懷。其次，他筆下的人物形象生動，往往只消寥寥幾個場景或動作，即令人如見其人，如聞其聲。尤其，他所抒寫的主角都是社會底層飽經生活折磨的辛苦人，每日須遭風刀霜劍摧折，甚至受傷害、受侮辱，但往往只為了一絲微弱的希望、或一個掛心的人，就不惜忍氣吞聲地活下去。他對人性的深刻挖掘，即是從對都市平民、弱勢群體的理解與同情出發的。

老舍的長篇名著《駱駝祥子》，抒寫從農村來到都市的破產青年祥子，一次又一次掙扎著在現實而勢利的社會中求生存、求上進的艱辛過程，卻因環境和命運的播弄，一次又一次跌倒，其間情節，令人鼻酸。這種人道主義的關懷和刻畫，正是老舍作品最動人的特色。他的短篇名作《月牙兒》，描述一位天真可愛的小姑娘，從七歲起就生活顛沛困頓，與母親相依為命，然因母親患病，她不得不面對人世間種種的冷眼和苛待，最終陷入不堪的命運；這篇小說，近年被拍成電視劇，播出後萬千觀眾為之淚奔。

至於老舍的長篇小說《四代同堂》，刻畫一個大家族內種種相煦以濕、相濡以沫的人際呵護，以及椿椿利益傾軋、誤會齟齬的恩怨情仇，猶如一幅有倫有脊、大開大闔的都市生活風情畫，委實是大師手筆。而他的話劇名著《茶館》，透過一個歷經清末戊戌變法流血、民初北洋軍閥割據、國民政府施政失敗這三大時代鉅變的古舊茶館，反映了半個世紀中國動亂與傾覆的情狀；藉由茶館裡人來人往、匯聚了三教九流各路人馬的場景，以高度的藝術概括力，生動地展示了中國近代史和現代史滄桑變幻的社會縮影。老舍早年在英國曾悉心觀摩和鑽研西方現代話劇的展演，他的《茶館》更融合了他對華人社會與歷史的反思，精采迭出，無怪乎成為歷久不衰的名劇，直到現在，老舍的《茶館》每次演出，仍然轟動遐邇，觀眾人山人海。

老舍在瘋狂的文革時代，為了保持一己基本的人性尊嚴，不惜自沉於北京太平湖，以示無言的抗議。時至今日，他已被公認是大師級的作家，同時被定位為華人文學中「都市平民的代言人」，因為老舍從來不願、也不屑去抒寫北京城裡的豪門富戶、達官貴人，他只關心活生生的、辛苦掙扎的底層平民。正是這種終身不渝的人道主義情懷，和由此情懷所陶冶、所匯聚出來的文學造詣與藝術感性，使我們認為，即使在出版文學作品在書市簡直可謂相當困難的當前時刻，仍一定要出齊老舍的代表作，以向文學星座中這顆特立獨行的閃亮星宿致意！

自序

我向來不給自己的作品寫序。怕麻煩；很立得住的一個理由。還有呢，要說的話已都在書中說了，何必再絮絮叨叨？再說，誇獎自己吧，不好；咒罵自己吧，更合不著。莫若不言不語，隨它去。

此次現代書局囑令給《貓城記》作序，天大的難題！引證莎士比亞需要翻書；記性向來不強。自道身世說起來管保又臭又長，因為一肚子倒有半肚子牢騷，哭哭啼啼也不像個樣子——本來長得就不十分體面。怎辦？

好吧，這麼說：《貓城記》是個噩夢。為什麼寫它？最大的原因——吃多了。可是寫得很不錯，因為二姐和外甥都向我伸大拇指，雖然我自己還有一點點不滿意。不很幽默。但是吃多了大笑，震破肚皮還怎再吃？不滿意，可也無法。人不為麵包而生。是的，火腿麵包其庶幾乎？

二姐嫌它太悲觀，我告訴她，貓人是貓人，與我們不相干，管它悲觀不悲觀。二姐點頭不已。

外甥問我是哪一派的寫家？屬於哪一階級？代表哪種人講話？是否脊椎動物？得了多少稿費？我給他買了十斤蘋果，堵上他的嘴。他不再問，我樂得去睡大覺。夢中倘有所見，也許還能寫本「狗城記」。是為序。

年月日，剛睡醒，不大記得。

一 墜機

飛機是碎了。

我的朋友——自幼和我同學：這次為我開了半個多月的飛機——連一塊整骨也沒留下！

我自己呢，也許還活著呢？我怎能沒死？神仙大概知道。我顧不及傷心了。

我們的目的地是火星。按著我的亡友的計算，在飛機出險以前，我們確是已進了火星的氣圈。那麼，我是已落在火星上了？假如真是這樣，我的朋友的靈魂可以自安了：第一個在火星上的中國人，死得值！但是，這「到底」是哪裡？我只好「相信」它是火星吧；不是也得是，因為我無從證明它的是與不是。自然從天文上可以斷定這是哪個星球；可憐，我對於天文的知識正如對古代埃及文字，一點也不懂！我的朋友可以毫不遲疑的指示我，但是他，他……噢！我的好友，與我自幼同學的好友！

飛機是碎了。我將怎樣回到地球上去？不敢想！只有身上的衣裳——碎得像些掛著的乾菠菜——和肚子裡的乾糧；不要說回去的計劃，就是怎樣在這裡活著，也不敢想啊！言語不通，地方不認識，火星上到底有與人類相似的動物沒有？問題多得像……就不想吧；「火星上的漂流者」，還不足以自慰麼？使憂慮減去勇敢是多麼不上算的事！

這自然是追想當時的情形。在當時，腦子已震昏。震昏的腦子也許會發生許多不相聯貫的思念，已經都想不起了；只有這些——怎樣回去，和怎樣活著——似乎在腦子完全清醒之後還記得很真切，像被海潮打上岸來的兩塊木板，船已全沉了。

我清醒過來。第一件事是設法把我的朋友，那一堆骨肉，埋葬起來。那隻飛機，我連看它也不敢看。它也是我的好友，它將我們倆運到這裡來，忠誠的機器！朋友都死了，只有我還活著，我覺得他們倆的不幸好像都是我的過錯！

兩個有本事的倒都死了，只留下我這個沒能力的，傻子偏有福氣，多麼難堪的自慰！我覺得我能隻手埋葬我的同學，但是我一定不能把飛機也掩埋了，所以我不敢看它。

我應當先去挖坑，但是我沒有去挖，只呆呆的看著四外，從淚中看著四外。我為什麼不抱著那團骨肉痛哭一場？我為什麼不立刻去掘地？在一種如夢方醒的狀態中，有許多舉動是我自己不能負責的，現在想來，這或者是最近情理的解釋與自恕。

我呆呆的看著四外。奇怪，那時我所看見的我記得清楚極了，無論什麼時候我一閉眼，便能又看見那些景物，帶著顏色立在我的面前，就是顏色相交處的影線也都很清楚。只有這個與我幼時初次隨著母親去祭掃父親的墳墓時的景象是我終身忘不了的兩張圖畫。

我說不上來我特別注意到什麼；我給四圍的一切以均等的「不關切的注意」，假如這話能有點意義。我好像雨中的小樹，任憑雨點往我身上落；落上一點，葉兒便動一動。

我看見一片灰的天空。不是陰天，這是一種灰色的空氣。陽光不能算不強，因為我覺得很熱；但是它的熱力並不與光亮作正比，熱自管熱，並沒有奪目的光華。我似乎能摸到四圍的厚重，熱，密，沉悶的灰氣。也不是有塵土，遠處的東西看得很清楚，決不像有風沙。陽光好像在這灰中折減了，而後散勻，所以處處是灰的，處處還有亮，一種銀灰的宇宙。

中國北方在夏旱的時候，天上浮著層沒作用的灰雲，把陽光遮減了一些，可是溫度還是極高，便有點與此地相似；不過此地的灰氣更暗淡一些，更低重一些，那灰重的雲好像緊貼著我的臉。豆腐房在夜間儲滿了熱氣，只有一盞油燈在熱氣中散著點鬼光，便是這個宇宙的雛形。這種空氣使我覺著不自在。遠處有些小山，也是灰色的，比天空更深一些；因為不是沒有陽光，小山上是灰裡帶著些淡紅，好像野鴿脖子上的彩閃。

灰色的國！我記得我這樣想，雖然我那時並不知道那裡有國家沒有。

從遠處收回眼光，我看見一片平原，灰的！沒有樹，沒有房子，沒有田地，平，平；平得討厭。地上有草，都擦著地皮長著，葉子很大，可是沒有豎立的梗子。土脈不見得不肥美，我想，為什麼不種地呢？

離我不遠，飛起幾隻鷹似的鳥，灰的，只有尾巴是白的。這幾點白的尾巴給這全灰的宇宙一點變化，可是並不減少那慘淡蒸鬱的氣象，好像在陰苦的天空中飛著幾片紙錢！

鷹鳥向我這邊飛過來。看著看著，我心中忽然一動，牠們看見了我的朋友，那堆……遠處又飛起來幾隻。我急了，本能的向地下找，沒有鐵鍬，連根木棍也沒有！不能不求救於那只飛機了；有根鐵棍也可以慢慢的挖一個坑。但是，鳥已經在我頭上盤旋了。我顧不得再看，可是我覺得出牠們是越飛越低，牠們的啼聲，一種長而尖苦的啼聲，是就在我的頭上。顧不得細找，我便扯住飛機的一塊，也說不清是哪一部分，瘋了似的往下扯。

鳥兒下來一隻。我拚命的喊了一聲。牠的硬翅顫了幾顫，兩腿已將落地，白尾巴一鉤，又飛起去了。這個飛起去了，又來了兩三隻，都像喜鵲得住些食物那樣叫著；上面那些隻的啼聲更長了，好像哀求下面的等牠們一等；末了，「扎」的一聲全下來了。我扯那飛機，手心黏了，一定是流了血，可是不覺得疼。扯，扯，扯；沒用！我撲過牠們去，用腳踢，喊著。牠們伸開翅膀向四外躲，但是沒有飛起去的意思。有一隻已在那一堆……上啄了一口！我的眼前冒了紅光，我撲過牠去，要用手抓牠；只顧抓這隻，其餘的那些環攻上來了；我又亂踢起來。牠們扎扎的叫，伸著硬翅往四外躲；只要我的腿一往回收，牠們便紅著眼攻上來。而且攻上來之後，不願再退，有意要啄我的腳了。

忽然我想起來：腰中有支手槍。我剛立定，要摸那支槍；什麼時候來的？我前面，就離我有七八步遠，站著一群人；一眼我便看清，貓臉的人！

二 貓人

掏出手槍來，還是等一等？許多許多不同的念頭環繞著這兩個主張；在這一分鐘裡，我越要鎮靜，心中越亂。結果，我把手放下去了。向自己笑了一笑。到火星上來是我自己情願冒險，叫這群貓人把我害死——這完全是設想，焉知他們不是最慈善的呢——是我自取；為什麼我應當先掏槍呢！一點善意每每使人勇敢；我一點也不怕了。是福是禍，聽其自然；無論如何，釁不應由我開。

看我不動，他們往前挪了兩步。慢，可是堅決，像貓看準了老鼠那樣的前進。

鳥兒全飛起來，嘴裡全叼著塊……我閉上了眼！

眼還沒睜開——其實只閉了極小的一會兒——我的雙手都被人家捉住了。想不到貓人的舉動這麼快；而且這樣的輕巧，我連一點腳步聲也沒聽見。

沒往外拿手槍是個錯誤。不！我的良心沒這樣責備我。危患是冒險生活中的飲食。心中更平靜了，連眼也不願睜了。這是由心中平靜而然，並不是以退為進。他們握著我的雙臂，越來越緊，並不因為我不抵抗而鬆緩一些。這群玩藝兒是善疑的，我心中想；精神上的優越使我更驕傲了，更不肯和他們較量力氣了。

每隻胳臂上有四五隻手，很軟，但是很緊，並且似乎有彈性，與其說是握著，不如說是箍著，皮條似的往我的肉裡煞。掙扎是無益的。我看出來：設若用力抽奪我的胳臂，他們的手會箍進我的肉裡去；他們是這種人：不光明的把人捉住，然後不看人家的舉動如何，總得給人家一種極殘酷的肉體上的虐待。設若肉體上的痛苦能使精神的光明減色，慚愧，這時候我確乎有點後悔了；對這種人，假如我的推測不錯，是應當採取「先下手為強」的政策；「噹」的一槍，管保他們全跑。

但是事已至此，後悔是不會改善環境的；光明正大是我自設的陷阱，就死在自己的光明之下吧！我睜開了眼。他們全在我的背後呢，似乎是預定好即使我睜開眼也看不見他們。這種鬼祟的行動使我不由的起了厭惡他們的心；我不怕死；我心裡說：「我已經落在你們的手中，殺了我，何必這樣偷偷摸摸的呢！」我不由的說出來：「何必這樣……」我沒往下說；他們決不會懂我的話。胳臂上更緊了，那半句話的效果！我心裡想：就是他們懂我的話，也還不是白費唇舌！我連頭也不回，憑他們擺佈；我只希望他們用繩子拴上我，我的精神正如肉體，同樣的受不了這種軟，緊，熱，討厭的摸握！

空中的鳥更多了，翅子伸平，頭往下鉤鉤著，預備得著機會便一翅飛到地，去享受與我自幼同學的朋友的……

背後這群東西到底玩什麼把戲呢？我真受不了這種鈍刀慢鋸的辦法了！但是，我依舊抬頭看那群鳥，殘酷的鳥們，能在幾分鐘內把我的朋友吃淨。啊！能幾分鐘吃淨一個人嗎？那麼，鳥們不能算殘酷的了；我羨慕我那亡友，朋友！你死得痛快，消滅得痛快，比較起我這種零受的罪，你的是無上的幸福！

「快著點！」幾次我要這麼說，但是話到唇邊又收回去了。我雖然一點不知道貓人的性情習慣，可是在這幾分鐘的接觸，我似乎直覺的看出來，他們是宇宙間最殘忍的人；殘忍的人是不懂得「乾脆」這個字的，慢慢用鋸齒鋸，是他們的一種享受。說話有什麼益處呢？我預備好去受針尖刺手指甲肉，鼻子裡灌煤油——假如火星上有針和煤油。

我落下淚來，不是怕，是想起來故鄉。光明的中國，偉大的中國，沒有殘暴，沒有毒刑，沒有鷹吃死屍。我恐怕永不能再看那塊光明的地土了，我將永遠不能享受合理的人生了；就是我能在火星上保存著生命，恐怕連享受也是痛苦吧?!

我的腿上也來了幾隻手。他們一聲不出，可是呼吸氣兒熱乎乎的吹著我的背和腿；我心中起了好似被一條蛇纏住那樣的厭惡。

咯噹的一聲，好像多少年的靜寂中的一個響聲，聽得分外清楚，到如今我還有時候聽見它。我的腿腕上了腳鐐！我早已想到有此一舉。腿腕登時失了知覺，緊得要命。

我犯了什麼罪？他們的用意何在？想不出。也不必想。在貓臉人的社會裡，理智是沒用的東西，人情更提不到，何必思想呢。

手腕也鎖上了。但是，出我意料之外，他們的手還在我的臂與腿上箍著。

過度的謹慎——由此生出異常的殘忍——是黑暗生活中的要件；我希望他們鎖上我而撤去那些隻熱手，未免希望過奢。

脖子上也來了兩隻熱手。這是不許我回頭的表示；其實誰有那麼大的工夫去看他們呢！人——不論怎樣壞——總有些自尊的心；我太看低他們了。也許這還是出於過度的謹慎，不敢說，也許脖子後邊還有幾把明晃晃的刀呢。

這還不該走嗎？我心中想。剛這麼一想，好像故意顯弄他們也有時候會快當一點似的，我的腿上挨了一腳，叫我走的命令。我的腿腕已經箍麻了，這一腳使我不由的向前跌去；但是他們的手像軟而硬的鉤子似的，鉤住我的肋骨；我聽見背後像貓示威時相噗的聲音，好幾聲，這大概是貓人的笑。很滿意這樣的挫磨我，當然是。我身上不知出了多少汗。

他們為快當起見，頗可以抬著我走；這又是我的理想。我確是不能邁步了；這正是他們非叫我走不可的理由——假如這樣用不太羞辱了「理由」這兩個字。

汗已使我睜不開眼，手是在背後鎖著；就是想搖搖頭擺掉幾個汗珠也不行，他們箍著我的脖子呢！我直挺著走，不，不是走，但是找不到一個字足以表示跳，拐，跌，扭……等等攙和起來的行動。

走出只有幾步，我聽見——幸而他們還沒堵上我的耳朵——那群鳥一齊「扎」的一聲，頗似戰場上衝鋒的「殺」；當然是全飛下去享受……我恨我自己；假如我早一點動手，也許能已把我的同學埋好；我為什麼在那塊呆呆的看著呢！朋友！就是我能不死，能再到這裡來，恐怕連你一點骨頭渣兒也找不著了！我終身的甜美記憶的總量也抵不住這一點悲苦慚愧，哪時想起來哪時便覺得我是個人類中最沒價值的！

好像在噩夢裡：雖然身體受著痛苦，可是還能思想著另外一些事；我的思想完全集中到我的亡友，閉著眼看我腦中的那些鷹，啄食著他的肉，也啄食著我的心。走到哪裡了？就是我能睜開眼，我也不顧得看了；還希望記清了道路，預備逃出來嗎？我是走呢？還是跳呢？還是滾呢？貓人們知道。我的心沒在這個上，我的肉體已經像不屬於我了。我只覺得頭上的汗直流，就像受了重傷後還有一點知覺那樣，渺渺茫茫的覺不出身體在哪裡，只知道有些地方往出冒汗，命似乎已不在自己手中了，可是並不覺得痛苦。

我的眼前完全黑了；黑過一陣，我睜開了眼；像醉後剛還了酒的樣子。我覺出腿腕的疼痛來，疼得鑽心；本能的要用手去摸一摸，手腕還鎖著呢。這時候我眼中才看見東西，雖然似乎已經睜開了半天。我已經在一個小船上；什麼時候上的船，怎樣上去的，我全不知道。大概是上去半天了，因為我的腳腕已緩醒過來，已覺得疼痛。我試著回回頭，脖子上的那兩隻熱手已沒有了；回過頭去看，什麼也沒有。上面是那銀灰的天；下面是條溫膩深灰的河，一點聲音也沒有，可是流得很快；中間是我與一隻小船，隨流而下。

三　獄中生活

我顧不得一切的危險。危險這兩個字在此時完全不會在腦中發現。熱，餓，渴，痛，都不足以勝過疲乏——我已坐了半個多月的飛機——不知道怎麼會掙扎得斜臥起來，我就那麼睡去了；仰臥是不可能的，手上的鎖鐐不許我放平了脊背。把命交給了這渾膩蒸熱的河水，我只管睡；還希望在這種情形裡作個好夢嗎?!

再一睜眼，我已靠在一個小屋的一角坐著呢；不是小屋，小洞更真實一點；沒有窗戶，沒有門；四塊似乎是牆的東西圍著一塊連草還沒剷去的地，頂棚是一小塊銀灰色的天。我的手已自由了，可是腰中多了一根粗繩，這一頭纏著我的腰，雖然我並不需要這麼根腰帶，那一頭我看不見，或者是在牆外拴著；我必定是從天而降的被繫下來的。懷中的手槍還在，奇怪！

什麼意思呢？綁票？向地球上去索款？太費事了。捉住了怪物，預備訓練好了去到動物園裡展覽？或是送到生物學院去解剖？這倒是近乎情理。我笑了，我確乎有點要瘋。口渴得要命。為什麼不拿去我的手槍呢？這點驚異與安慰並不能使口中增多一些津液。往四處看，絕處逢生。與我坐著的地方平行的牆角有個石罐。裏邊有什麼？誰去管，我一定過去看看，本能是比理智更聰明的。腳腕還絆著，跳吧。忍著痛往起站，立不起來，試了幾試，腿已經不聽命令了。坐著吧。渴得胸中要裂。肉體的需要把高尚的精神喪盡，爬吧！小洞不甚寬大，伏在地上，也不過只差幾寸吧，伸手就可以摸著那命中希望的希望，那個寶貝罐子。但是，那根腰帶在我躺平以前便下了警告，它不允許我躺平，設若我一定要往前去，它便要把我吊起來了。無望。

口中的燃燒使我又起了飛智：腳在前，仰臥前進，學那翻不過身的小硬蓋蟲。繩子雖然很緊，用力掙扎究竟可以往肋部上勻一勻，肋部總比腿根瘦一些，能勻到胸部，我的腳便可以碰到罐子上，哪怕把肋部都磨破了呢，究竟比這麼渴著強。肋部的皮破了，不管；前進；疼，不管；啊，腳碰著了那個寶貝！

腳腕鎖得那麼緊，兩個腳尖直著可以碰到罐子，但是張不開，無從把它抱住；蜷起一點腿來，腳尖可以張開些，可是又碰不到罐子了。無望。

只好仰臥觀天。不由的摸出手槍來。口渴得緊。看了看那玲瓏輕便的小槍。閉上眼，把那光滑的小圓槍口放在太陽穴上；手指一動，我便永不會口渴了。心中忽然一亮，極快的坐起來。轉過身來面向牆角，對準面前的粗繩，嗆，嗆，兩槍，繩子燒糊了一塊。手撕，牙咬，瘋了似的，把繩子終於扯斷。狂喜使我忘了腳上的鎖鐐，猛然往起一立，跌在地上；就勢便往石罐那裡爬。端起來，裡面有些光，有水！也許是水，也許是……顧不得遲疑。石罐很厚，不易喝；可是喝到一口，真涼，勝似仙漿玉露；努力總是有報酬的，好像我明白了一點什麼生命的真理似的。

水並不多；一滴也沒剩。

我抱著那個寶貝罐子。心中剛舒服一點，幻想便來了：設若能回到地球上去，我必定把它帶了走。無望吧？我呆起來。不知有多久，我呆呆的看著罐子的口。

頭上飛過一群鳥，簡短的啼著，將我喚醒。抬頭看，天上起了一層淺桃紅的霞，沒能把灰色完全掩住，可是天象高了一些，清楚了一些，牆頂也鑲上一線有些力量的光。天快黑了，我想。

我應當幹什麼呢？

在地球上可以行得開的計劃，似乎在此地都不適用；我根本不明白我的對方，怎能決定辦法呢。魯濱遜並沒有像我這樣困難，他可以自助自決，我是要從一群貓人手裡逃命；誰讀過貓人的歷史呢。

但是我必得作些什麼？

腳鐐必須除去，第一步工作。始終我也沒顧得看看腳上拴的是什麼東西，大概因為我總以為腳鐐全應是鐵作的。現在我必須看看它了，不是鐵的，因為它的顏色是鉛白的。為什麼沒把我的手槍沒收，有了答案：火星上沒鐵。貓人們過於謹慎，唯恐一摸那不認識的東西受了危害，所以沒敢去動。我用手去摸，硬的，雖然不是鐵；試著用力扯，扯不動。什麼作的呢？趣味與逃命的急切混合在一處。用槍口敲它一敲，有金屬應發的響聲，可是不像鐵聲。銀子？鉛？比鐵軟的東西，我總可以設法把它磨斷；比如我能打破那個石罐，用石稜去磨——把想將石罐帶到地球上去的計劃忘了。拿起石罐想往牆上碰；不敢，萬一驚動了外面的人呢；外面一定有人看守著，我想。不能，剛才已經放過槍，並不見有動靜。後怕起來，設若剛才隨著槍聲進來一群人？可是，既然沒來，放膽吧；罐子出了手，只碰下一小塊來，因為小所以很鋒利。我開始工作。

鐵打房梁磨成繡花針，工到自然成；但是打算在很短的時間用塊石片磨斷一條金屬的腳鐐，未免過於樂觀。經驗多數是「錯誤」的兒女，我只能樂觀的去錯誤；由地球上帶來的經驗在此地是沒有多少價值的。磨了半天，有什麼用呢，它紋絲沒動，好像是用石片切金剛石呢。

摸摸身上的碎布條，摸摸鞋，摸摸頭髮，萬一發現點能幫助我的東西呢；我已經似乎變成個沒理智的動物。啊！腰帶下的小褲兜裡還有盒火柴，一個小「鐵」盒。要不是細心的搜尋真不會想起它來；我並不吸煙，沒有把火柴放在身上的習慣。我為什麼把它帶在身邊？想不起。噢，想起來了：朋友送給我的，他聽到我去探險，臨時趕到飛機場送行，沒有可送我的東西，就把這個盒塞在我的小袋裡。「小盒不會給飛機添多少重量，我希望！」他這麼說來著。我想起來了。好似多少年以前的事了；半個月的飛行不是個使心中平靜清楚的事。

我玩弄著那個小盒，試著追想半個月以前的事；眼前的既沒有希望，只好回想過去的甜美，生命是會由多方面找到自慰的。天黑上來了。肚中覺出餓來。劃了一根火柴，似乎要看看四下有沒有可吃的東西。滅了，又劃了一根；無心的可笑的把那點小火放在腳鐐上去燒燒看。忽！吱！像寫個草書的四字——の——那麼快，腳腕上已剩下一些白灰。一股很不好聞的氣味，鑽入鼻孔，叫我要嘔。

貓人還會利用化學作東西，想不到的事！

四　新朋友

命不自由，手腳脫了鎖鐐有什麼用呢！但是我不因此而喪氣；至少我沒有替貓人們看守這個小洞的責任。把槍，火柴盒，都帶好；我開始揪著那打斷的粗繩往牆上爬。頭過了牆，一片深灰，不像是黑夜，而是像沒有含著煙的熱霧。越過牆頭，跳下去。往哪裡走？在牆內時的勇氣減去十分之八。沒有人家，沒有燈光，沒有聲音。遠處——也許不遠，我測不準距離——似乎有片樹林。我敢進樹林嗎？知道有什麼野獸？

我抬頭看著星星，只看得見幾個大的，在灰空中發著些微紅的光。

又渴了，並且很餓。在夜間獵食，就是不反對與鳥獸為伍，我也沒那份本事。幸而不冷；在這裡大概日夜赤體是不會受寒的。我倚了那小屋的牆根坐下，看看天上那幾個星，看看遠處的樹林。什麼也不敢想；就是最可笑的思想也會使人落淚：孤寂是比痛苦更難堪的。

這樣坐了許久，我的眼慢慢的失了力量；可是我並不敢放膽的睡去，閉了一會兒，心中一動，努力的睜開，然後又閉上。有一次似乎看見了一個黑影；但在看清之前就又不見了。因疑見鬼，我責備自己，又閉上了眼；剛閉上又睜開了，到底是不放心。哼！又似乎有個黑影，剛看到，又不見了。我的頭髮根立起來了。到火星上捉鬼不在我的計劃之中。不敢再閉眼了。

好大半天，什麼也沒有。我試著閉上眼，留下一點小縫看著；來了，那個黑影！

不怕了，這一定不是鬼；是個貓人。貓人的視官必定特別的發達，能由遠處看見我的眼睛的開閉。緊張，高興，幾乎停止了呼吸，等著；他來在我的身前，我便自有辦法；好像我一定比貓人優越似的，不知根據什麼理由；或者因為我有把手槍？可笑。

時間在這裡是沒有絲毫價值的，好似等了幾個世紀他才離我不遠了；每一步似乎需要一刻，或一點鐘，一步帶著整部歷史遺傳下來的謹慎似的。東試一步，西試一步，彎下腰，輕輕的立起來，向左扭，向後退，像片雪花似的伏在地上，往前爬一爬，又躬起腰來……小貓夜間練習捕鼠大概是這樣，非常的有趣。不要說動一動，我猛一睜眼，他也許一氣跑到空間的外邊去。我不動，只是眼睛留著個極小的縫兒看他到底怎樣。

我看出來了，他對我沒有惡意，他是怕我害他。他手中沒拿著傢伙，又是獨自來的，不會是要殺我。我怎能使他明白我也不願意加害於他呢？不動作是最好的辦法，我以為，這至少不會嚇跑了他。

他離我越來越近了。能覺到他的熱氣了。他斜著身像接力競走預備接替時的姿勢，用手在我的眼前擺了兩擺。我微微的點了點頭。他極快的收回手去，保持著要跑的姿勢，可是沒跑。他看著我；我又輕輕的一點頭。他還是不動。我極慢的抬起雙手，伸平手掌給他看。他似乎能明白這種「手語」，也點了點頭，收回那隻伸出老遠的腿。我依舊手掌向上，屈一屈指，作為招呼他的表示。他也點點頭。我挺起點腰來，看看他，沒有要跑的意思。這樣極痛苦的可笑磨煩了至少有半點鐘，我站起來了。

假如磨煩等於作事，貓人是最會作事的。換句話說，他與我不知磨煩了多大工夫，打手勢，點頭，撇嘴，縱鼻子，差不多把周身的筋肉全運動到了，表示我們倆彼此沒有相害的意思。當然還能磨煩一點鐘，哼，也許一個星期，假如不是遠處又來了黑影——貓人先看見的。及至我也看到那些黑影，貓人已跑出四五步，一邊跑一邊向我點頭。我也跟著他跑。

貓人跑得不慢，而且一點聲音沒有。我是又渴又餓，跑了不遠，我的眼前已起了金星。但是我似乎直覺的看出來：被後面那些貓人趕上，我與我這個貓人必定得不到什麼好處；我應當始終別離開這個新朋友，他是我在火星上冒險的好幫手。後面的人一定追上來了，因為我的朋友腳上加了勁。又支持了一會兒，我實在不行了，心好像要由嘴裡跳出來。後面有了聲音，一種長而尖酸的嚎聲！貓人們必是急了，不然怎能輕易出聲兒呢。我知道我非倒在地上不行了，再跑一步，我的命一定會隨著一口血結束了。

用生命最後的一點力量，把手槍掏出來。倒下了，也不知道向哪裡開了一槍，我似乎連槍聲都沒聽見就昏過去了。

再一睜眼：屋子裡，灰色的，一圈紅光，地；飛機，一片血，繩子……我又閉上了眼。

隔了多日我才知道：我是被那個貓人給拉死狗似的拉到他的家中。他若是不告訴我，我始終不會想到怎麼來到此地。火星上的土是那麼的細美，我的身上一點也沒有磨破。那些追我的貓人被那一槍嚇得大概跑了三天也沒有住腳。這把小手槍——只實著十二個子彈——使我成了名滿火星的英雄。

五　招待客人

我一直的睡下去，若不是被蒼蠅咬醒，我也許就那麼睡去，睡到永遠。原諒我用「蒼蠅」這個名詞，我並不知道牠們的名字；牠們的樣子實在像小綠蝴蝶，很美，可是行為比蒼蠅還討厭好幾倍；多的很，每一抬手就飛起一群綠葉。

身上很僵，因為我是在「地」上睡了一夜，貓人的言語中大概沒有「床」這個字。一手打綠蠅，一手磨擦身上，眼睛巡視著四圍。屋裡沒有可看的。床自然就是土地，這把臥室中最重要的東西已經省去。希望找到個盆，好洗洗身上，熱汗已經泡了我半天一夜。沒有。沒有。東西既看不到，只好看牆和屋頂，全是泥作的，沒有任何裝飾。四面牆圍著一團臭氣，這便是屋子。牆上有個三尺來高的洞，是門；窗戶，假如一定要的話，也是它。

我的手槍既沒被貓人拿去，也沒丟失在路上，全是奇蹟。把槍帶好，我從小洞爬出來了。明白過來，原來有窗也沒用，屋子是在一個樹林裡——大概就是昨天晚上看見的那片——樹葉極密，陽光就是極強也不能透過，況且陽光還被灰氣遮住。怪不得貓人的視力好。林裡也不涼快，潮濕蒸熱，陽光雖見不到，可是熱氣好像裹在灰氣裡；沒風。

我四下裡去看，希望找到個水泉，或是河溝，去洗一洗身上。找不到；只遇見了樹葉，潮氣，臭味。

貓人在一株樹上坐著呢。當然他早看見了我。可是及至我看見了他，他還往樹葉裡藏躲。這使我有些發怒。哪有這麼招待客人的道理呢：不管吃，不管喝，只給我一間臭屋子。我承認我是他的客人，我自己並沒意思上這裡來，他請我來的。最好是不用客氣，我想。走過去，他上了樹尖。我不客氣的爬到樹上，抱住一個大枝用力的搖。他出了聲，我不懂他的話，但是停止了搖動。我跳下來，等著他。他似乎曉得無法逃脫，抿著耳朵，像個戰敗的貓，慢慢的下來。

我指了指嘴，仰了仰脖，嘴唇開閉了幾次，要吃要喝。他明白了，向樹上指了指。我以為這是叫我吃果子；貓人們也許不吃糧食，我很聰明的猜測。樹上沒果子。他又爬上樹去，極小心的揪下四五片樹葉，放在嘴中一個，然後都放在地上，指指我，指指葉。

這種餵羊的辦法，我不能忍受；沒過去拿那樹葉。貓人的臉上極難看了，似乎也發了怒。他為什麼發怒，我自然想不出：我為什麼發怒，他或者也想不出。我看出來了，設若這麼爭執下去，一定沒有什麼好結果，而且也沒有意味，根本誰也不明白誰。

但是，我不能自己去拾起樹葉來吃。我用手勢表示叫他拾起送過來。他似乎不懂。我也由發怒而懷疑了。莫非男女授受不親，在火星上也通行？這個貓人鬧了半天是個女的？不敢說，哼，焉知不是男男授受不親呢?!（這一猜算猜對了，在這裡住了幾天之後證實了這個。）好吧，因彼此不明白而鬧氣是無謂的，我拾起樹葉，用手擦了擦。其實手是髒極了，被飛機的鐵條刮破的地方還留著些血跡；但是習慣成自然，不由的這麼辦了。送到嘴中一片，很香，汁水很多；因為沒有經驗，汁兒從嘴裡流下點來；那個貓人的手腳都動了動，似乎要過來替我接住那點汁兒；這葉子一定是很寶貴的，我想；可是這麼一大片樹林，為什麼這樣的珍惜一兩個葉子呢？不用管吧，稀罕事兒多著呢。連氣吃了兩片樹葉，我覺得頭有些發暈，可是並非不好受。我覺得到那點寶貝汁兒不但走到胃中去，而且有股麻勁兒通過全身，身上立刻不僵得慌了。肚中麻酥酥的滿起來。心中有點發迷，似乎要睡，可是不能睡，迷糊之中又有點發癢，一種微醉樣子的刺激。我手中還拿著一片葉，手似乎剛睡醒時那樣鬆懶而舒服。沒力氣再抬。心中要笑；說不清臉上笑出來沒有。我倚住一棵大樹，閉了一會兒眼。極短的一會兒，頭輕輕的晃了兩晃。醉勁過去了，全身沒有一個毛孔不覺得輕鬆的要笑，假如毛孔會笑。飢渴全不覺得了；身上無須洗了，泥，汗，血，都舒舒服服的貼在肉上，一輩子不洗也是舒服的。

樹林綠得多了。四圍的灰空氣也正不冷不熱，不多不少的合適。灰氣綠樹正有一種詩意的溫美。潮氣中，細聞，不是臭的了，是一種濃厚的香甜，像熟透了的甜瓜。「痛快」不足以形容出我的心境。「麻醉」，對，「麻醉」！那兩片樹葉給我心中一些灰的力量，然後如魚得水的把全身浸漬在灰氣之中。

我蹲在樹旁。向來不喜蹲著；現在只有蹲著才覺得舒坦。

開始細看那個貓人；厭惡他的心似乎減去很多，有點覺得他可愛了。

所謂貓人者，並不是立著走，穿著衣服的大貓。他沒有衣服。我笑了，把我上身的碎布條也拉下去，反正不冷，何苦掛著些零七八碎的呢。下身的還留著，這倒不是害羞，因為我得留著腰帶，好掛著我的手槍。其實赤身佩帶掛手槍也未嘗不可，可是我還捨不得那盒火柴；必須留著褲子，以便有小袋裝著那個小盒，萬一將來再被他們上了腳鐐呢。把靴子也脫下來扔在一邊。

往回說，貓人不穿衣服。腰很長，很細，手腳都很短。手指腳指也都很短。（怪不得跑得快而作事那麼慢呢，我想起他們給我上鎖鐐時的情景。）脖子不短，頭能彎到背上去。臉很大，兩個極圓極圓的眼睛，長得很低，留出很寬的一個腦門。腦門上全長著細毛，一直的和頭髮——也是很細冗——聯上。鼻子和嘴聯到一塊，可不是像貓的那樣俊秀，似乎像豬的，耳朵在腦瓢上，很小。身上都是細毛，很光潤，近看是灰色的，遠看有點綠，像灰羽毛紗的閃光。身腔是圓的，大概很便於橫滾。胸前有四對小乳，八個小黑點。

他的內部構造怎樣，我無從知道。

他的舉動最奇怪的，據我看是他的慢中有快，快中有慢，使我猜不透他的立意何在；我只覺得他是非常的善疑。他的手腳永不安靜著，腳與手一樣的靈便；用手腳似乎較用其他感官的時候多，東摸摸，西摸摸，老動著；還不是摸，是觸，好像螞蟻的觸角。

究竟他把我拉到此地，餵我樹葉，是什麼意思呢？我不由的，也許是那兩片樹葉的作用，要問了。可是怎樣問呢？言語不通。

六　國食迷葉

三四個月的工夫，我學會了貓話。馬來話是可以在半年內學會的，貓語還要簡單的多。四五百字來回顛倒便可以講說一切。自然許多事與道理是不能就這麼講明白的，貓人有辦法：不講。形容詞與副詞不多，名詞也不富裕。凡是像迷樹的全是迷樹：大迷樹，小迷樹，圓迷樹，尖迷樹，洋迷樹，大洋迷樹……其實這是些決不相同的樹。迷樹的葉便是那能使人麻醉的寶貝。代名詞是不大用的，根本沒有關係代名詞。一種極兒氣的語言。其實只記住些名詞便夠談話的了，動詞是多半可以用手勢幫忙的。他們也有文字，一些小樓小塔似的東西，很不好認；普通的貓人至多只能記得十來個。

大蠍——這是我的貓朋友的名字——認識許多字，還會作詩。把一些好聽的名詞堆在一處，不用有任何簡單的思想，便可以成一首貓詩。寶貝葉寶貝花寶貝山寶貝貓寶貝肚子……這是大蠍的「讀史有感」。貓人有歷史，兩萬多年的文明。

會講話了，我明白過來一切。大蠍是貓國的重要人物，大地主兼政客、詩人與軍官。大地主，因為他有一大片迷樹，迷葉是貓人食物的食物。他為什麼養著我，與這迷葉大有關係。據他說，他拿出幾塊歷史來作證——書都是石頭做的，二尺見方半寸來厚一塊，每塊上有十來個極複雜的字——五百年前，他們是種地收糧，不懂什麼叫迷葉。忽然有個外國人把它帶到貓國來。最初只有上等人吃得起，後來他們把迷樹也搬運了來，於是大家全吃入了癮。不到五十年的工夫，不吃它的人是例外了。

吃迷葉是多麼舒服，多麼省事的；可是有一樣，吃了之後雖然精神煥發，可是手腳不愛動，於是種地的不種了，作工的不作了，大家閒散起來。政府下了令：禁止再吃迷葉。下令的第一天午時，皇后癮得打了皇帝三個嘴巴子——大蠍搬開一塊歷史——皇帝也癮得直落淚。當天下午又下了令：定迷葉為「國食」。在貓史上沒有比這件事再光榮再仁慈的，大蠍說。

自從迷葉定為國食以後的四百多年，貓國文明的進展比以前加速了好幾倍。吃了迷葉不喜肉體的勞動，自然可以多作些精神事業。詩藝，舉個例說，比以前進步多了；兩萬年來的詩人沒有一個用過「寶貝肚子」的。

可是，這並不是說政治上與社會上便沒有了紛爭。在三百年前，迷樹的種植是普遍的。可是人們越吃越懶，慢慢的連樹也懶得種了。又恰巧遇上一年大水——大蠍的灰臉似乎有點發白，原來貓人最怕水——把樹林沖去了很多。沒有別的東西吃，貓人是可以忍著的；沒有迷葉，可不能再懶了。到處起了搶劫。搶案太多了，於是政府又下了最合人道的命令：搶迷葉吃者無罪。這三百年來是搶劫的時代；並不是壞事，搶劫是最足以表現個人自由的，而自由又是貓人自有史以來的最高理想。

（按：貓語中的「自由」，並不與中國話中的相同。貓人所謂自由者是欺侮別人，不合作，搗亂……男男授受不親即由此而來，一個自由人是不許別人接觸他的，彼此見面不握手或互吻，而是把頭向後扭一扭表示敬意。）

「那麼，你為什麼還種樹呢？」我用貓語問——按著真正貓語的形式，這句話應當是：脖子一扭（表示「那麼」），用手一指（你），眼球轉兩轉（為什麼），種（動詞）樹？「還」字沒法表示。

大蠍的嘴閉上了一會兒。貓人的嘴永遠張著，鼻子不大管呼吸的工作；偶爾閉上表示得意或深思。他的回答是：現在種樹的人只有幾十個了，都是強有力的人——政客軍官詩人兼地主。他們不能不種樹，不種便丟失了一切勢力。作政治需要迷葉，不然便見不到皇帝。作軍官需要迷樹，它是軍餉。作詩必定要迷葉，它能使人白天作夢。總之，迷葉是萬能的，有了它便可以橫行一世。「橫行」是上等貓人口中最高尚的一個字。

設法保護迷林是大蠍與其他地主的首要工作。他們雖有兵，但不能替他們作事。貓兵是講自由的，只要迷葉吃，不懂得服從命令。他們自己的兵常來搶他們，這在貓人心中——由大蠍的口氣看得出——是最合邏輯的事。究竟誰來保護迷林呢？外國人。每個地主必須養著幾個外國人作保護者。貓人的敬畏外國人是天性中的一個特點。他們的自由不能使五個兵在一塊住三天而不出人命，和外人打仗是不可能的事。大蠍附帶著說，很得意的，「自相殘殺的本事，一天比一天大，殺人的方法差不多與作詩一樣巧妙了」。

「殺人成了一種藝術。」我說。貓語中沒有「藝術」，經我解釋了半天，他還是不能明白，但是他記住這兩個中國字。

在古代他們也與外國打過仗，而且打勝過，可是在最近五百年中，自相殘殺的結果叫他們完全把打外國人的觀念忘掉，而一致的對內。因此也就非常的怕外國人；不經外國人主持，他們的皇帝連迷葉也吃不到嘴。

三年前來過一只飛機。哪裡來的，貓人不曉得，可是記住了世界上有種沒毛的大鳥。

我的飛機來到，貓人知道是來了外國人。他們只能想到我是火星上的人，想不到火星之外還有別的星球。

大蠍與一群地主全跑到飛機那裡去，為是得到個外國人來保護迷林。他們原有的外國保護者不知為什麼全回了本國，所以必須另請新的。

他們說好了：請到我之後，大家輪流奉養著，因為外國人在最近是很不易請到的。「請」我是他們的本意，誰知道我並沒有長著貓臉，他們向來沒見過像我這樣的外國人。他們害怕的了不得；可是既而一看我是那麼老實，他們決定由「請」改成「捉」了。他們是貓國的「人物」，所以心眼很多，而且遇到必要的時候也會冒一些險。現在想起來，設若我一開首便用武力，準可以把他們嚇跑；可是幸而沒用武力，因為就是一時把他們嚇跑，他們決不會甘心罷休，況且我根本找不到食物。

從另一方面說呢，這麼被他們捉住，他們縱使還怕我，可是不會「敬」我了。果然，由公請我改成想獨佔了，大蠍與那一群地主全看出便宜來：捉住我，自然不必再與我講什麼條件，只要供給點吃食便行了，於是大家全變了心。背約毀誓是自由的一部分，大蠍覺得他的成功是非常可自傲的。

把我捆好，放在小船上，他們全繞著小道，上以天作頂的小屋那裡去等我。他們怕水，不敢上船。設若半路中船翻了，自然只能歸罪於我的不幸，與他們沒關係。那個小屋離一片沙地不遠，河流到沙地差不多就乾了，船一定會停住不動。

把我安置在小屋中，他們便回家去吃迷葉。他們的身邊不能帶著這個寶貝；走路帶著迷葉是最危險的事；因此他們也就不常走路；此次的冒險是特別的犧牲。

大蠍的樹林離小屋最近；可是也還需要那麼大半天才想起去看我。吃完迷葉是得睡一會兒的。他準知道別人也不會快來。他到了，別人也到了，這完全出乎他的意料之外。「幸而有那藝術」，他指著我的手槍，似乎有些感激它。後來他把不易形容的東西都叫作「藝術」。

我明白了一切，該問他了：那個腳鐐是什麼作的？

他搖頭，只告訴我，那是外國來的東西。

「有好多外國來的東西，」他說，「很好用，可是我們不屑摹仿；我們是一切國中最古的國！」他把嘴閉上了一會兒：「走路總得帶著手鐲腳鐐，很有用！」這也許是實話，也許是俏皮我呢。

我問他天天晚上住在哪裡，因為林中只有我那一間小洞，他一定另有個地方去睡覺。他似乎不願意回答，跟我要一根藝術，就是將要拿去給皇帝看。我給了他一根火柴，也就沒往下問他到底睡在哪裡；在這種講自由的社會中，人人必須保留著些秘密。

有家屬沒有呢？他點點頭。「收了迷葉便回家，你與我一同去。」

他還有利用我的地方，我想，可是：「家在哪裡？」

「京城，大皇帝住在那裡。有許多外國人，你可以看看你的朋友了。」

「我是由地球上來的，不認識火星上的人。」

「反正你是外國人，外國人與外國人都是朋友。」

不必再給他解釋；只希望快收完迷葉，好到貓城去看看。

七 唯一的責任

我與大蠍的關係，據我看，永遠不會成為好朋友的。據「我」看是如此；他也許有一片真心，不過我不能欣賞它；他——或任何貓人——設若有真心，那是完全以自己為中心的，為自己的利益而利用人似乎是他所以交友的主因。三四個月內，我一天也沒忘了去看看我那亡友的屍骨，但是大蠍用盡方法阻止我去。這一方面看出他的自私；另一方面顯露出貓人心中並沒有「朋友」這個觀念。自私，因為替他看護迷葉好像是我到火星來的唯一責任；沒有「朋友」這個觀念，因為他口口聲聲總是「死了，已經死了，幹什麼還看他去？」他第一不告訴我到那飛機墜落的地方的方向路徑；第二，他老監視著我。其實我慢慢的尋找（我要是順著河岸走，便不會找不到），總可以找到那個地方，但是每逢我走出迷林半里以外，他總是從天而降的截住我。截住了我，他並不強迫我回去；他能把以自己為中心的事說得使我替他傷心，好像聽著寡婦述說自己的困難，一把鼻涕一把淚的使我不由的將自己的事擱在一旁。我想他一定背地裡抿著嘴暗笑我是傻蛋，但是這個思想也不能使我心硬了。我幾乎要佩服他了。

我不完全相信他所說的了；我要自己去看看一切。可是，他早防備著這個。迷林裡並不只是他一個人。但是他總不許他們與我接近。我只在遠處看見過他們：我一奔過他們去，登時便不見了，這一定是遵行大蠍的命令。

對於迷葉我決定不再吃。大蠍的勸告真是盡委婉懇摯的能事：不能不吃呀，不吃就會渴的，水不易得呀；況且還得洗澡呢，多麼麻煩，我們是有經驗的。不能不吃呀，別的吃食太貴呀；貴還在其次，不好吃呀。不能不吃呀，有毒氣，不吃迷葉便會死的呀……我還是決定不再吃。他又一把鼻涕，一把淚了；我知道這是他的最後手段；我不能心軟；因吃迷葉而把我變成個與貓人一樣的人是大蠍的計劃，我不能完全受他的擺弄；我已經是太老實了。我要恢復人的生活，要吃要喝要洗澡，我不甘心變成個半死的人。設若不吃迷葉而能一樣的活著，合理的活著，哪怕是十天半個月呢，我便只活十天半個月也好；半死的活著，就是能活一萬八千年我也不甘心幹。我這麼告訴大蠍了，他自然不能明白，他一定以為我的腦子是塊石頭。不論他怎想吧，我算打定了主意。

交涉了三天，沒結果。只好拿手槍了。但是我還沒忘了公平，把手槍放在地上告訴大蠍，「你打死我，我打死你，全是一樣的，設若你一定叫我吃迷葉！你決定吧！」大蠍跑出兩丈多遠去。他不能打死我，槍在他手中還不如一根草棍在外國人手裡；他要的是「我」，不是手槍。

折中的辦法：我每天早晨吃一片迷葉，「一片，只是那麼一小塊寶貝，為是去毒氣，」大蠍——請我把手槍帶起去，又和我面對面的坐下——伸著一個短手指說。他供給我一頓晚飯。飲水是個困難問題。我建議：每天我去到河裡洗個澡，同時帶回一罐水來。他不認可。為什麼天天跑那麼遠去洗澡，不聰明的事，況且還拿著罐子？為什麼不舒舒服服的吃迷葉？「有福不會享」，我知道他一定要說這個，可是他並沒說出口來。況且——這才是他的真意——他還得陪著我。我不用他陪著；他怕我偷跑了，這是他所最關切的。其實我真打算逃跑，他陪著我也不是沒用嗎？我就這麼問他，他的嘴居然閉上了十來分鐘，我以為我是把他嚇死過去了。

「你不用陪著我，我決定不跑，我起誓！」我說。

他輕輕搖了搖頭：「小孩子才起誓玩呢！」

我急了，這是臉對臉的污辱我。我揪住了他頭上的細毛，這是第一次我要用武力；他並沒想到，不然他早會跑出老遠的去了。他實在沒想到，因為他說的是實話。他犧牲了些細毛，也許帶著一小塊頭皮，逃了出去，向我說明：在貓人歷史上，起誓是通行的，可是在最近五百年中，起完誓不算的太多，於是除了鬧著玩的時候，大家也就不再起誓；信用雖然不能算是壞事，可是從實利上看是不方便的，這種改革是顯然的進步，大蠍一邊摸著頭皮一邊並非不高興的講。因為根本是不應當遵守的，所以小孩子玩耍時起誓最有趣味，這是事實。

「你有信用與否，不關我的事，我的誓到底還是誓！」我很強硬的說，「我決不偷跑，我什麼時候要離開你，我自然直接告訴你。」

「還是不許我陪著？」大蠍猶疑不定的問。

「隨便！」問題解決了。

晚飯並不難吃，貓人本來很會烹調的，只是綠蠅太多，我去掐了些草葉編成幾個蓋兒，囑咐送飯的貓人來把飯食蓋上，貓人似乎很不以為然，而且覺得有點可笑。有大蠍的命令他不敢和我說話，只微微的對我搖頭。我知道不清潔是貓人歷史上的光榮；沒法子使他明白。慚愧，還得用勢力，每逢一看見飯食上沒蓋蓋，我便告訴大蠍去交派。一個大錯誤：有一天居然沒給送飯來；第二天送來的時候，東西全沒有蓋，而是蓋著一層綠蠅。原來因為告訴大蠍去囑咐送飯的僕人，使大蠍與僕人全看不起我了。伸手就打，是上等貓人的尊榮；也是下等貓人認為正當的態度。我怎樣辦？我不願意打人。「人」在我心中是個最高貴的觀念。但是設若不打，不但僅是沒有人送飯，而且將要失去我在火星上的安全。沒法子，只好犧牲了貓人一塊（很小的一塊，憑良心說）頭皮。行了，草蓋不再閒著了。這幾乎使我落下淚來，什麼樣的歷史進程能使人忘了人的尊貴呢？

早晨到河上去洗澡是到火星來的第一件美事。我總是在太陽出來以前便由迷林走到沙灘，相隔不過有一里多地。恰好足以出點汗，使四肢都活軟過來。在沙上，水只剛漫過腳面，我一邊踩水，一邊等著日出。日出以前的景色是極靜美的：灰空中還沒有霧氣，一些大星還能看得見，四處沒有一點聲音，除了沙上的流水有些微響。太陽出來，我才往河中去；走過沙灘，水越來越深，走出半里多地便沒了胸，我就在那裡痛快的游泳一回。以覺得腹中餓了為限，游泳的時間大概總在半點鐘左右。餓了，便走到沙灘上去曬乾了身體。破褲子，手槍，火柴盒，全在一塊大石上放著。我赤身在這大灰宇宙中。似乎完全無憂無慮，世界上最自然最自由的人。太陽漸漸熱起來。河上起了霧，覺得有點閉悶；不錯，大蠍沒說謊，此地確有些毒瘴；這是該回去吃那片迷葉的時候了。

這點享受也不能長久的保持，又是大蠍的壞。大概在開始洗澡的第七天上吧，我剛一到沙灘上便看見遠處有些黑影往來。我並未十分注意，依舊等著欣賞那日出的美景。東方漸漸發了灰紅色。一會兒，一些散開的厚雲全變成深紫的大花。忽然亮起來，星們不見了。雲塊全聯成橫片，紫色變成深橙，抹著一層薄薄的淺灰與水綠，帶著亮的銀灰邊兒。橫雲裂開，橙色上加了些大黑斑，金的光腳極強的射起，金線在黑斑後面還透得過來。然後，一團血紅從裂雲中跳出，不很圓，似乎晃了幾晃，固定了；不知什麼時候裂雲塊變成了小碎片。聯成一些金黃的鱗；河上亮了，起了金光。霞越變越薄越碎，漸漸的消滅，只剩下幾縷淺桃紅的薄紗；太陽升高了，全天空中變成銀灰色，有的地方微微透出點藍色來。

只顧呆呆的看著，偶一轉臉，喝！離河岸有十來丈遠吧，貓人站成了一大隊！我莫名其妙。也許有什麼事，我想，不去管，我去洗我的。我往河水深處走，那一大隊也往那邊挪動。及至我跳在河裡，我聽見一片極慘的呼聲。我沉浮了幾次，在河岸淺處站起來看看，又是一聲喊，那隊貓人全往後退了幾步。我明白了，這是參觀洗澡呢。

看洗澡，設若沒看見過，也不算什麼，我想。貓人決不是為看我的身體而來，赤體在他們看不是稀奇的事；他們也不穿衣服。一定是為看我怎樣游泳。我是繼續的泅水為他們開開眼界呢？還是停止呢？這倒不好決定。在這個當兒，我看見了大蠍，他離河岸最近，差不多離著那群人有一兩丈遠。這是表示他不怕我，我心中說。

他又往前跳了幾步，向我揮手，意思是叫我往河裡跳。從我這三四個月的經驗中，我可以想到，設若我要服從他的手勢而往河裡跳，他的臉面一定會增許多的光。但是我不能受這個，我生平最恨假外人的勢力而欺侮自家人的。我向沙灘走去。大蠍又往前走了，離河岸差不多有四五丈，我從石上拿起手槍，向他比了一比。

八　貓國的法律管不著外國人

我把大蠍拿住；看他這個笑，向來沒看見過他笑得這麼厲害。我越生氣，他越笑，似乎貓人的笑是專為避免挨打預備著的。我問他叫人參觀我洗澡是什麼意思，他不說，只是一勁的媚笑。我知道他心中有鬼，但是不願看他的賤樣子，只告訴他：以後再有這種舉動，留神你的頭皮！

第二天我依舊到河上去。還沒到沙灘，我已看見黑忽忽的一群，比昨天的還多。我決定不動聲色的洗我的澡，以便看看到底是怎麼回事，回去再和大蠍算賬。太陽出來了，我站在水淺處，一邊假裝打水，一邊看著他們。大蠍在那兒呢，帶著個貓人，雙手大概捧著一大堆迷葉，堆得頂住下巴。大蠍在前，拿迷葉的貓人在後，大蠍一伸手，那貓人一伸手，順著那隊貓人走；貓人手中的迷葉漸漸的減少了。我明白了，大蠍藉著機會賣些迷葉，而且必定賣得很貴。

我本是個有點幽默的人，但是一時的怒氣往往使人的行為失於偏急。貓人的怎樣怕我——只因為我是個外國人——我是知道的；這一定全是大蠍的壞主意，我也知道。為懲罰大蠍一個人而使那群無辜的貓人聯帶的受點損失，不是我的本意。可是，在那時，怒氣使我忘了一切體諒。我必須使大蠍知道我的厲害，不然，我永遠不用再想安靜的享受這早晨的運動。自然，設若貓人們也在早晨來游泳，我便無話可講，這條河不是我獨有的；不過，一個人泅水，幾百人等著看，而且有藉此作買賣的，我不能忍受。

我不想先捉住大蠍，他不告訴我實話；我必須捉住一個參觀人，去問個分明。我先慢慢的往河岸那邊退，背朝著他們，以免他們起疑。到了河岸，我想，我跑個百碼，出其不備的捉住個貓人。

到了河岸，剛一轉過臉來，聽見一聲極慘的呼喊，比殺豬的聲兒還難聽。我的百碼開始，眼前就如同忽然地震一般，那群貓人要各自逃命，又要往一處擠，跑的，倒的，忘了跑的。倒下又往起爬的，同時並舉；一展眼，全沒了，好像被風吹散的一些落葉，這裡一小團，那裡一小團，東邊一個，西邊兩個，一邊跑，一邊喊，好像都失了魂。及至我的百碼跑完，地上只躺著幾個了，我捉了一個，一看，眼已閉上，沒氣了！我的後悔比闖了禍的恐怖大的多。我不應當這麼利用自己的優越而殺了人。但是我並沒呆住，好似不自覺的又捉住另一個，腿壞了，可是沒死。在事後想起來，我真不佩服我自己，分明看見人家腿壞了，而還去捉住他審問；分明看見有一個已嚇死，而還去捉個半死的，設若「不自覺」是可原諒的，人性本善便無可成立了。

使半死的貓人說話，向個外國人說話，是天下最難的事；我知道，一定叫他出聲是等於殺人的，他必會不久的也被嚇死。可憐的貓人！我放了他。再看，那幾個倒著的，身上當然都受了傷，都在地上爬呢，爬得很快。我沒去追他們。有兩個是完全不動了。

危險我是不怕的：不過，這確是惹了禍。知道貓人的法律是什麼樣的怪東西？嚇死人和殺死人縱然在法律上有分別，從良心上看還不是一樣？我想不出主意來。找大蠍去，解鈴還是繫鈴人，他必定有辦法。但是，大蠍決不會說實話，設若我去求他；等他來找我吧。假如我乘此機會去找那只飛機，看看我的亡友的屍骨，大蠍的迷林或者會有危險，他必定會找我去；那時我再審問他，他不說實話，我就不回來！要挾？對這不講信用，不以扯謊為可恥的人，還有什麼別的好辦法呢？

把手槍帶好，我便垂頭喪氣的沿著河岸走。太陽很熱了，我知道我缺乏東西，媽的迷葉！沒它我不能抵抗太陽光與這河上的毒霧。

貓國裡不會出聖人，我只好咒罵貓人來解除我自己的不光榮吧。我居然想去由那兩個死貓人手裡搜取迷葉了！回到迷林，誰能擋住我去折下一大枝子呢？懶得跑那幾步路！果然，他們手中還拿著迷葉，有一片是已咬去一半的。我全擄了過來。吃了一片，沿著河岸走下去。

走了許久，我看見了那深灰色的小山。我知道這離飛機墜落的地方不遠了，可是我不知道那裡離河岸有幾里，和在河的哪一邊上。真熱，我又吃了兩片迷葉還覺不出涼快來。沒有樹，找不到個有陰涼的地方休息一會兒。但是我決定前進，非找到那飛機不可。

正在這個當兒，後面喊了一聲，我聽得出來，大蠍的聲兒。我不理他，還往前走。跑路的本事他比我強，被他追上了。我想抓住他的頭皮把他的實話搖晃出來，但是我一看他那個樣子，不好意思動手了。他的豬嘴腫著，頭上破了一塊，身上許多抓傷，遍體像是水洗過的，細毛全黏在皮膚上，不十分不像個成精的水老鼠。我嚇死了人，他挨了打，我想想貓人不敢欺侮外人，可是對他們自己是勇於爭鬥的。他們的誰是誰非與我無關，不過對嚇死的受傷的和挨打的大蠍，我一視同仁的起了同情心。大蠍張了幾次嘴才說出一句話來：快回去，迷林被搶了！

我笑了，同情心被這一句話給驅逐得淨盡。他要是因挨打而請我給他報仇，雖然也不是什麼好事，可是從一個中國人的心理看，我一定立刻隨他回去。迷林被搶了，誰願當這資本家走狗呢！搶了便搶了，與我有什麼關係。

「快回去，迷林被搶了！」大蠍的眼珠差一點努出來。迷林似乎是一切，他的命分文不值。

「先告訴我早晨的事，我便隨你回去。」我說。

大蠍幾乎氣死過去，脖子伸了幾伸，嚥下一大團氣去：「迷林被搶了！」他要有那個膽子，他一定會登時把我掐死！

我也打定了主意：他不說實話，我便不動。

結果還是各自得到一半的勝利：登時跟他回去，在路上他訴說一切。

大蠍說了實話：那些參觀的人是他由城裡請來的，都是上等社會的人。上等社會的人當然不能起得那麼早，可是看洗澡是太稀罕的事，況且大蠍允許供給他們最肥美的迷葉。每人給他十塊「國魂」——貓國的一種錢名——作為參觀費，迷葉每人兩片——上等肥美多漿的迷葉——不另算錢。

好小子，我心裡說，你拿我當作私產去陳列呀！但是大蠍還沒等我發作，便很委婉的說明：「你看，國魂是國魂，把別人家的國魂弄在自己的手裡，高尚的行為！我雖然沒有和你商議過，」他走得很快，但是並不妨礙他委曲婉轉的陳說，「可是我這點高尚的行為，你一定不會反對的。你照常的洗澡，我藉此得些國魂，他們得以開眼，面面有益的事，有益的事！」

「那嚇死的人誰負責任？」

「你嚇死的，沒事！我要是打死人，」大蠍喘著說，「我只須損失一些迷葉，迷葉是一切，法律不過是幾行刻在石頭上的字；有迷葉，打死人也不算一回事。你打死人，沒人管，貓國的法律管不著外國人，連『一』個迷葉也不用費；我自恨不是個外國人。你要是在鄉下打死人，放在那兒不用管，給那白尾巴鷹一些點心；要是在城裡打死人，只須到法廳報告一聲，法官還要很客氣的給你道謝。」大蠍似乎非常的羨慕我，眼中好像含著點淚。我的眼中也要落淚，可憐的貓人，生命何在？公理何在？

「那兩個死去的也是有勢力的人。他們的家屬不和你搗亂嗎？」

「當然搗亂，搶迷葉的便是他們；快走！他們久已派下人看著你的行動，只要你一離開迷林遠了，他們便要搶；他們死了人，搶我的迷葉作為報復，快走！」

「人和迷葉的價值恰相等，啊？」

「死了便是死了，活著的總得吃迷葉！快走！」

我忽然想起來，也許因為我受了貓人的傳染，也許因為他這兩句話打動了我的心，我一定得和他要些國魂。假如有朝一日我離開大蠍——我們倆不是好朋友——我拿什麼吃飯呢？他請人參觀我洗澡得錢，我有分潤一些的權利。設若不是在這種環境之下，自然我不會想到這個，但是環境既是如此，我不能不作個準備——死了便是死了，活著的總得吃迷葉！有理！

離迷林不遠了，我站住了。「大蠍，你這兩天的工夫一共收了多少錢？」

大蠍愣了，一轉圜眼珠：「五十塊國魂，還有兩塊假的；快走！」

我向後轉，開步走。他追上來：「一百，一百！」我還是往前走。他一直添到一千。我知道這兩天參觀的人一共不下幾百，決不能只收入一千，但是誰有那麼大的工夫作這種把戲。「好吧，大蠍，分給我五百。不然，咱們再見！」

大蠍準知道：多和我爭執一分鐘，他便多丟一些迷葉；他隨著一對眼淚答應了個「好！」

「以後再有不告訴我而拿我生財的事，我放火燒你的迷林。」我拿出火柴盒拍了拍！

他也答應了。

到了迷林，一個人也沒有，大概我來到了之前，他們早有偵探報告，全跑了。迷林外邊上的那二三十棵樹，已差不多全光了。大蠍喊了聲，倒在樹下。

九 貓人沒有幫忙的習慣

迷林很好看了：葉已長得比手掌還大一些，厚，深綠，葉緣上鑲著一圈金紅的邊；那最肥美的葉起了些花斑，像一林各色的大花。日光由銀灰的空中透過，使這些花葉的顏色更深厚靜美一些，沒有照眼的光澤，而是使人越看越愛看，越看心中越覺得舒適，好像是看一張舊的圖畫，顏色還很鮮明，可是紙上那層浮光已被年代給減除了去。

迷林的外邊一天到晚站著許多許多參觀的人。不，不是參觀的，因為他們全閉著眼；鼻子支出多遠，聞著那點濃美的葉味；嘴張著，流涎最短的也有二尺來長。稍微有點風的時候，大家全不轉身，只用脖子追那股小風，以便吸取風中所含著的香味，好像些雨後的蝸牛輕慢的作著頸部運動。偶爾落下一片熟透的大葉，大家雖然閉著眼，可是似乎能用鼻子聞到響聲——一片葉子落地的那點響聲——立刻全睜開眼，嘴唇一齊唧唧起來；但是大蠍在他們決定過來拾起那片寶貝之前，總是一團毛似的趕到將它撿起來；四圍一聲怨鬼似的嘆息！

大蠍調了五百名兵來保護迷林，可是兵們全駐紮在二里以外，因為他們要是離近了迷林，他們便先下手搶劫。但是不能不調來他們，貓國的風俗以收穫迷葉為最重大的事，必須調兵保護；兵們不替任何人保護任何東西是人人知道的，可是不調他們來作不負保護責任的保護是公然污辱將士，大蠍是個漂亮人物，自然不願被人指摘，所以調兵是當然的事，可是安置在二里以外以免兵餽自亂。風稍微大一點，而且是往兵營那面刮，大蠍立刻便令後退半里或一里，以免兵們隨風而至，搶劫一空。兵們為何服從他的命令，還是因為有我在那裡；沒有我，兵早就嘩變了。「外國人咳嗽一聲，嚇倒貓國五百兵」是個諺語。

五百名兵之外，真正保護迷林的是大蠍的二十名家將。這二十位都是深明大義，忠誠可靠的人；但是有時候一高興，也許把大蠍捆起來，而把迷林搶了。到底還是因為我在那裡，他們因此不敢高興，所以能保持著忠誠可靠。

大蠍真要忙死了：看著家將，不許偷食一片迷葉；看著風向，好下令退兵；看著林外參觀的，以免丟失一個半個的落葉。他現在已經一氣吃到三十片迷葉了。據說，一氣吃過四十片迷葉，便可以三天不睡，可是第四天便要嗚呼哀哉。迷葉這種東西是吃少了有精神而不願幹事；吃多了能幹事而不久便死。大蠍無法，多吃迷葉，明知必死，但是不能因為怕死而少吃；雖然他極怕死，可憐的大蠍！

我的晚飯減少了。晚上少吃，夜間可以警醒，大蠍以對貓人的方法來對待我了。迷林只仗著我一人保護，所以我得夜間警醒著，所以我得少吃晚飯，功高者受下賞，這又是貓人的邏輯。我把一份飯和傢伙全摔了，第二天我的飯食又照常豐滿了，我現在算知道怎樣對待貓人了，雖然我心中覺得很不安。

刮了一天的小風，這是我經驗中的第一次。我初到此地的時候，一點風沒有；迷葉變紅的時候，不過偶然有陣小風；繼續的刮一天，這是頭一回。迷葉帶著各種顏色輕輕的擺動，十分好看。大蠍和家將們，在迷林的中心一夜間趕造成一個大木架，至少有四五丈高。這原來是為我預備的。這小風是貓國有名的迷風，迷風一到，天氣便要變了。貓國的節氣只有兩個，上半年是靜季，沒風。下半年是動季，有風也有雨。

早晨我在夢中聽見一片響聲，正在我的小屋外邊。爬出來一看，大蠍在前，二十名家將在後，排成一隊。大蠍的耳上插著一根鷹尾翎，手中拿著一根長木棍。二十名家將手中都拿著一些東西，似乎是樂器。見我出來，他將木棍往地上一戳，二十名家將一齊把樂器舉起。木棍在空中一搖，樂器響了。有的吹，有的打，二十件樂器放出不同的聲音，吹的是誰也沒有和誰調和的趨向，尖的與粗的一樣難聽，而且一樣的拉長，直到家將的眼珠幾乎努出來，才換一口氣；換氣後再吹，身子前後俯仰了幾次，可是不肯換氣，直到快憋死為止，有兩名居然憋得倒在地上，可是還吹。貓國的音樂是講究聲音長而大的。打的都是像梆子的木器，一勁的打，沒有拍節，沒有停頓。吹的聲音越尖，打的聲音越緊，好像是隨著吹打而喪了命是最痛快而光榮的事。吹打了三通，大蠍的木棍一揚，音樂停止。二十名家將全蹲在地上喘氣。

大蠍將耳上的翎毛拔下，很恭敬的向我走來說：「時間已到，請你上台，替神明監視著收迷葉。」我似乎被那陣音樂給催眠過去，或者更正確的說是被震暈了，心中本要笑，可是不由的隨著大蠍走去。他把翎毛插在我的耳上，在前領路，我隨著他，二十名音樂家又在我的後面。到了迷林中心的高架子，大蠍爬上去，向天禱告了一會兒，下面的音樂又作起來。他爬下來，請我上去。我彷彿忘了我是成人，像個貪玩的小孩被一件玩物給迷住，小猴似的爬了上去。大蠍看我上到了最高處，將木棍一揮，二十名音樂家全四下散開，在林邊隔著相當的距離站好，面向著樹。大蠍跑了。好大半天，他帶來不少的兵。他們每個人拿著一根大棍，耳上插著一個鳥毛。走到林外，大隊站住，大蠍往高架上一指，兵們把棍舉起，大概是向我致敬。事後我才明白，我原來是在高架上作大神的代表，來替大蠍——他一定是大神所寵愛的貴人了——保護迷葉，兵們摘葉的時候，若私藏或偷吃一片，大蠍告訴他們，我便會用張手雷劈了他們。張手雷便是那把「藝術」。那二十名音樂家原來便是監視員，有人作弊，便吹打樂器，大蠍聽到音樂便好請我放張手雷。

敬完了神，大蠍下令叫兵們兩人一組散開，一人上樹去摘，一人在下面等著把摘下來的整理好。離我最近的那些株樹沒有人摘，因為大蠍告訴他們：這些株離大神的代表太近，代表的鼻子一出氣，他們便要癱軟在地上，一輩子不能再起來，所以這必須留著大蠍自己來摘。貓兵似乎也都被大蠍催眠過去，全分頭去工作。大蠍大概又一氣吃了三十片帶花斑的上等迷葉，穿梭似的來回巡視，木棍老預備著往兵們的頭上捶。聽說每次收迷葉，地主必須捶死一兩個貓兵；把死貓兵埋在樹下，來年便可豐收。有時候，地主沒預備好外國人作大神的代表，兵們便把地主埋在樹下，搶了樹葉，把樹刨了都作成軍器——就是木棍；用這種軍器的是貓人視為最厲害的軍隊。

我大鸚鵡似的在架上蜷著身，未免要發笑，我算幹什麼的呢？但是我不願破壞了貓國的風俗，我來是為看他們的一切，不能不逢場作戲，必須加入他們的團體，不管他們的行為是怎樣的可笑。好在有些小風，不至十分熱，況且我還叫大蠍給我送來個我自己編的蓋飯食的草蓋暫當草帽，我總不致被陽光給曬暈過去。

貓兵與普通的貓人一點分別也沒有，設若他們沒那根木棍與耳上的鳥翎。這木棍與鳥翎自然會使他們比普通人的地位優越，可是在受了大蠍的催眠時，他們大概還比普通人要多受一點苦。像眠後的蠶吃桑葉，不大的工夫，我在上面已能看見原來被密葉遮住的樹幹。再過了一刻，貓兵已全在樹尖上了。較比離我近一些的，全一手摘葉，一手遮著眼，大概是怕看見我而有害於他們的。

原來貓人並不是不能幹事，我心中想，假如有個好的領袖，禁止了吃迷葉，這群人也可以很有用的。假如我把大蠍趕跑，替他作地主，作將領……但這只是空想，我不敢決定什麼，我到底還不深知貓人。我正在這麼想，我看見（因為樹葉稀薄了我很能看清下面）大蠍的木棍照著一個貓兵的頭去了。我知道就是我跳下去不致受傷，也來不及止住他的棍子了；但是我必須跳下去，在我眼中大蠍是比那群兵還可惡的，就是來不及救那個兵，我也得給大蠍個厲害。

我爬到離地兩丈多高的地方，跳了下去。跑過去，那個兵已躺在地上，大蠍正下令，把他埋在地下。一個不深明白他四圍人們的心理的，是往往由善意而有害於人的。我這一跳，在貓兵們以為我是下來放張手雷，我跳在地上，只聽噗通噗通四下裡許多兵全掉下樹來，大概跌傷的不在少數，因為四面全悲苦的叫著。我顧不得看他們，便一手捉住大蠍。他呢，也以為我是看他責罰貓兵而來幫助他，因為我這一早晨處處順從著他，他自然的想到我完全是他的爪牙了。我捉住了他，他莫名其妙了，大概他一點也不覺得打死貓兵是不對的事。

我問大蠍，「為什麼打死人？」

「因為那個兵偷吃了一個葉梗。」

「為吃一個葉便就可以……」我沒往下說；我又忘了我是在貓人中，和貓人辯理有什麼用呢！我指著四圍的兵說：「捆起他來。」大家你看著我，我看著你，似乎不明白我的意思。

「把大蠍捆起來！」我更清晰的說。還是沒人上前。我心中冷了。設若我真領著這麼一群兵，我大概永遠不會使他們明白我。他們不敢上前，並不是出於愛護大蠍，而是完全不瞭解我的心意——為那死兵報仇，在他們的心中是萬難想到的。這使我為難了：我若放了大蠍，我必定會被他輕視；我若殺了他，以後我用他的地方正多著呢；無論他怎不好，對於我在火星上——至少是貓國這一部分——所要看的，他一定比這群兵更有用一些。

我假裝鎮靜——問大蠍：「你是願意叫我捆在樹上，眼看著兵們把迷葉都搶走呢？還是願意認罰？」

兵們聽到我說叫他們搶，立刻全精神起來，立刻就有動手的，我一手抓著大蠍，一腳踢翻了兩個。大家又不動了。大蠍的眼已閉成一道線，我知道他心中怎樣的恨我：他請來的大神的代表，反倒當著兵們把他懲治了，極難堪的事，自然他決不會想到因一節葉梗而殺人是他的過錯。但是他決定不和我較量，他承認了受罰。我問他，兵們替他收迷葉，有什麼報酬。他說，一人給兩片小迷葉。

這時候，四圍兵們的耳朵都在腦勺上立起來了，大概是猜想，我將叫大蠍多給他們一些迷葉。我叫他在迷葉收完之後，給他們一頓飯吃，像我每天吃的晚飯。兵們的耳朵都落下去了，卻由嗓子裡出了一點聲音，好像是吃東西噎住了似的，不滿意我的辦法。對於死去那個兵，我叫大蠍賠償他的家小一百個國魂。大蠍也答應了。但是我問了半天，誰知道他的家屬在哪裡？沒有一個人出聲。對於別人有益的事，哪怕是說一句話呢，貓人沒有幫忙的習慣。這是我在貓國又住了幾個月才曉得的。大蠍的一百個國魂因此省下了。

十 貓國人是打不過外人的

迷葉收完，天天刮著小風，溫度比以前降低了十幾度。灰空中時時浮著些黑雲，可是並沒落雨。動季的開始，是地主們帶著迷葉到城市去的時候了。大蠍心中雖十二分的不滿意我，可是不能不假裝著親善，為是使我好同他一齊到城市去；沒有我，他不會平安的走到那裡：因為保護迷葉，也許丟了他的性命。

迷葉全曬乾，打成了大包。兵丁們兩人一組搬運一包，二人輪流著把包兒頂在頭上。大蠍在前，由四個兵丁把他抬起，他的脊背平平的放在四個貓頭之上，另有兩個高身量的兵托著他的腳，還有一名在後面撐住他的脖子，這種旅行的方法在貓國是最體面的，假如不是最舒服的。二十名家將全拿著樂器，在兵丁們的左右，兵丁如有不守規則的，比如說用手指挖破葉包，為聞聞迷味，便隨時奏樂報告大蠍。什麼東西要在貓國裡存在必須得有用處，音樂也是如此，音樂家是兼作偵探的。我的地位是在大隊的中間，以便前後照應。大蠍也給我預備了七個人；我情願在地上跑，不貪圖這份優待。大蠍一定不肯，引經據典的給我說明：皇帝有抬人二十一，諸王十五，貴人七……這是古代的遺風，身分的表示，不能，也不許，破壞的。我還是不幹。「貴人地上走，」大蠍引用諺語了，「祖先出了醜。」我告訴他我的祖先決不因此而出了醜。他幾乎要哭了，又引了兩句詩：「仰面吃迷葉，平身作貴人。」「滾你們貴人的蛋！」我想不起相當的詩句，只這麼不客氣的回答。大蠍嘆了一口氣，心中一定把我快罵化了，可是口中沒敢罵進來。

排隊就費了兩點多鐘的工夫，大蠍躺平又下來，前後七次，貓兵們始終排不齊；貓兵現在準知道我不完全幫忙大蠍，大蠍自然不敢再用木棍打裂他們的貓頭，所以任憑大蠍怎麼咒罵他們，他們反正是不往直裡排列。大蠍投降了，下令前進，不管隊伍怎樣的亂了。

剛要起程，空中飛來幾隻白尾鷹，大蠍又跳下來，下令：出門遇鷹大不祥，明日再走！我把手槍拿出來了，「不走的便永遠不要走了！」大蠍的臉都氣綠了，乾張了幾下嘴，一句話沒說出來。他知道與我辯駁是無益的，同時他知道犯著忌諱出行是多麼危險的事。他費了十幾分鐘才又爬到貓頭上去，渾身顫抖著。大隊算是往前挪動了。不知道是被我氣得躺不穩了，還是抬的人故意和他開玩笑，走了不大的工夫，大蠍滾下來好幾次。但是滾下來，立刻又爬上去，大蠍對於祖先的遺風是極負保存之責的。

沿路上凡是有能寫字的地方，樹皮上，石頭上，破牆上，全寫上了大白字：歡迎大蠍，大蠍是盡力國食的偉人，大蠍的兵士執著正義之棍，有大蠍才能有今年的豐收……這原來都是大蠍預先派人寫好給他自己看的。經過了幾個小村莊，村人們全背倚破牆坐著，軍隊在他們眼前走過，他們全閉著眼連看也不看。設若他們是怕兵呢，為何不躲開？不怕呢，為何又不敢睜眼看？我弄不清楚。及至細一看，我才明白過來，這些原來是村莊歡迎大蠍的代表，因為他們的頭上的細灰毛裡隱隱綽綽的也寫著白字，每人頭上一個字，幾個人合起來成一句「歡迎大蠍」等等字樣。因為這也是大蠍事先派人給他們寫好的，所以白色已經殘退不甚清楚了。雖然他們全閉著眼，可是大蠍還真事似的向他們點頭，表示致謝的意思。這些村莊是都歸大蠍保護的。村莊裡的破爛污濁，與村人們的瘦，髒，沒有精神，可以證明他們的保護人保護了他們沒有。我更恨大蠍了。

要是我獨自走，大概有半天的工夫總可以走到貓城了。和貓兵們走路最足以練習忍耐性的。貓人本來可以走得很快，但是貓人當了兵便不會快走了，因為上陣時快走是自找速死，所以貓兵們全是以穩慢見長，慢慢的上陣，遇見敵人的時候再快快的——後退。

下午一點多了，天上雖有些黑雲，太陽的熱力還是很強，貓兵們的嘴都張得很寬，身上的細毛都被汗黏住，我沒有見過這樣不體面的一群兵。遠處有一片迷林，大蠍下令繞道穿著林走。我以為這是他體諒兵丁們，到林中可以休息一會兒。及至快到了樹林，他滾下來和我商議，我願意幫助他搶這片迷林不願意。「搶得一些迷葉還不十分重要，給兵們一些作戰的練習是很有益的事。」大蠍說。沒回答他，我先看了看兵們，一個個的嘴全閉上了，似乎一點疲乏的樣子也沒有了；隨走隨搶是貓兵們的正當事業，我想。我也看出來：大蠍與他的兵必定都極恨我，假如我攔阻他們搶劫。雖然我那把手槍可以抵得住他們，但是他們要安心害我，我是防不勝防的。況且貓人互相劫奪是他們視為合理的事，就是我不因個人的危險而捨棄正義，誰又來欣賞我的行為呢？我知道我是已經受了貓人的傳染，我的勇氣往往為謀自己的安全而減少了。我告訴大蠍隨意辦吧，這已經是退步的表示了，哪知我一退步，他就立刻緊了一板，他問我是否願意領首去搶呢？對於這一點我沒有遲疑的拒絕了。你們搶你們的，我不反對，也不加入，我這樣跟他說。

兵們似乎由一往樹林這邊走便已嗅出搶奪的味兒來，不等大蠍下令，已經把葉包全放下，拿好木棍，有幾個已經跑出去了。我也沒看見大蠍這樣勇敢過，他雖然不親自去搶，可是他的神色是非常的嚴厲，毫無恐懼，眼睛瞪圓，頭上的細毛全豎立起來。他的木棍一揮，兵們一聲喊，全撲過迷林去。到了迷林，大家繞著林飛跑，好像都犯了瘋病。我想，這大概是往外誘林中的看護人。跑了三圈，林中不見動靜，大蠍笑了，兵們又是一聲喊，全闖入林裡去。

林中也是一聲喊，大蠍的眼不那麼圓了，眨巴了幾下。他的兵退出來，木棍全撒了手，雙手捂著腦勺，狼嚎鬼叫的往回跑：「有外國人！有外國人！」大家一齊喊。

大蠍似乎不信，可是不那麼勇敢了，自言自語的說：「有外國人？我知道這裡一定沒有外國人！」他正這麼說著。林中有人追出來了。

大蠍慌了：「真有外國人！」

林中出來不少的貓兵。為首的是兩個高個子，遍體白毛的人，手中拿著一條發亮的棍子。

這兩個一定是外國人了，我心中想；外國人是會用化學製造與鐵相似的東西的。我心中也有點不安，假如大蠍請求我去抵擋那兩個白人，我又當怎辦？我知道他們手中發亮的東西是什麼？搶人家的迷林雖不是我的主意，可是我到底是大蠍的保護人；看著他們打敗而不救他，至少也有失我的身分，我將來在貓國的一切還要依賴著他。

「快去擋住！」大蠍向我說，「快去擋住！」

我知道這是義不容辭的，我顧不得思慮，拿好手槍走過去。出我意料之外，那兩個白貓見我出來，不再往前進了。大蠍也趕過來，我知道這不能有危險了。

「講和！講和！」大蠍在我身後低聲的說。

我有些發糊塗：為什麼不叫我和他們打呢？講和？怎樣講呢？事情到頭往

往不像理想的那麼難，我正發糊塗。那兩個白人說了話：「罰你六包迷葉。歸我們三個人用！」

我看了看，只有兩個白人。怎麼說三個呢？大蠍在後面低聲的催我：「和他們講講！」

我講什麼呢？傻子似的我也說了聲：「罰你六包迷葉。歸我們三個人用！」兩個白人聽我說了這句，笑著點了點頭，似乎非常的滿意。我更莫名其妙了。大蠍嘆了口氣。分付搬過六包迷葉來。六包搬到，兩個白人很客氣的請我先挑兩包。我這才明白。原來三個人是連我算在內的。我自然很客氣的請他們先挑。他們隨便的拿了四包交給他們的貓兵，而後向我說：「我們的迷葉也就收完。我們城裡再見。」

我也傻子似的說了聲：「城裡再見。」他們走回林裡去了。

我心中怎麼想怎麼糊塗。這是什麼把戲呢？

直到我到了貓城以後，與外國人打聽，才明白了其中的曲折。

貓國人是打不過外人的。他們唯一的希望是外國人們自己打起來。立志自強需要極大的努力，貓人太精明，不肯這樣傻賣力氣。所以只求大神叫外國人互相殘殺，貓人好得個機會轉弱為強，或者應說，得個機會看別國與他們自己一樣的弱了。

外國人明白這個，他們在貓國裡的利害衝突是時時有的。但是他們決不肯互相攻擊讓貓國得著便宜。他們看得清清楚楚，他們自己起了紛爭是硬對硬的。就是打勝了的也要受很大的損失；反之，他們若是聯合起來一同欺侮貓國，便可以毫無損失的得到很大好處。

不但國際間的政策是如此，就是在貓國作事的個人也守著這個條件。保護迷林是外國人的好職業。但是大家約定：只負替地主抵抗貓國的人。遇到雙方都有外國人保護的時候，雙方便誰也不准侵犯誰；有不守這個條件的，便由雙方的保護人商議懲罰地主或為首的人。這樣，既能避免外國人與外國人因貓國人的事而起爭執，又能使保護人的地位優越，不致受了貓國人的利用。

為保護人設想這是不錯的辦法。從貓國人看呢？我不由的代大蠍們抱不平了。可是繼而一想：大蠍們甘心忍受這個，甘心不自強，甘心請求外人打自己家的人。又是誰的過錯呢？

有同等的豪橫氣的才能彼此重視，貓國人根本失了人味。難怪他們受別人這樣的戲弄。我為這件事心中不痛快了好幾天。

往回說：大蠍受了罰，又鄭重其事的上了貓頭，一點羞愧的神氣沒有，倒好似他自己戰勝了似的。他只向我說，假如我不願要那兩包迷葉——他知道我不大喜歡吃它——他情願出三十個國魂買回去。

我準知道這包迷葉至少也值三百國魂，可是我沒說賣，也沒說不賣，我只是不屑於理他，我連哼一聲也沒哼。

太陽平西了，看見了貓城。

十一　快要滅絕的貓城文化

一眼看見貓城，不知道為什麼我心中形成了一句話：這個文明快要滅絕！

我並不曉得貓國文明的一切；在迷林所得的那點經驗只足以引起我的好奇心，使我要看個水落石出，我心目中的貓國文明決不是個慘劇的穿插與佈景；我是希望看清一個文明的底蘊，從而多得一些對人生的經驗。文明與民族是可以滅絕的，我們地球上人類史中的記載也不都是玫塊色的。讀歷史設若能使我們落淚，那麼，眼前擺著一片要斷氣的文明，是何等傷心的事！

將快死去的人還有個迴光返照，將快壽終的文明不必是全無喧囂熱鬧的。一個文明的滅絕是比一個人的死亡更不自覺的；好似是創造之程已把那毀滅的手指按在文明的頭上，好的——就是將死的國中總也有幾個好人罷——壞的，全要同歸於盡。那幾個好的人也許覺出呼吸的緊促，也許已經預備好了絕命書，但是，這幾個人的悲吟與那自促死亡的哀樂比起來，好似幾個殘蟬反抗著狂猛的秋風。

貓國是熱鬧的，在這熱鬧景象中我看見那毀滅的手指，似乎將要剝盡人們的皮肉，使這貓城成個白骨的堆積場。

啊！貓城真熱鬧！城的構造，在我的經驗中，是世上最簡單的。無所謂街衢，因為除了一列一眼看不到邊的房屋，其餘的全是街——或者應當說是空場。看見兵營便可以想像到貓城了：極大的一片空場，中間一排缺乏色彩的房子，房子的外面都是人，這便是貓城。

人真多。說不清他們都幹什麼呢。沒有一個直著走道的，沒有一個不阻礙著別人的去路的。好在街是寬的，人人是由直著走，漸漸改成橫著走，一擁一擁，設若拿那列房子作堤，人們便和海潮的激盪差不很多。

我還不知道他們的房子有門牌沒有。假如有的話，一個人設若要由五號走到十號去，他須橫著走出——至少是三里吧，出了門便被人們擠橫了，隨著潮水下去；幸而遇見潮水改了方向，他便被大家擠回來。他要是走運的話，也許就到了十號。自然，他不能老走好運，有時候擠來擠去，不但離十號是遙遙無期，也許這一天他連家也回不去了。

城裡為什麼只有一列建築是有道理的。我想：當初必定是有許多列房子，形成許多條較窄的街道。在較窄的街道中人們的擁擠必定是不但耽誤工夫，而且是要出人命的：讓路，在貓人看，是最可恥的事；靠一邊走是與貓人愛自由的精神相背的；這樣，設若一條街的兩面都是房，人們只好永遠擠住，不把房子擠倒了一列是無法解決的。

因此，房子往長裡一直的蓋，把街道改成無限的寬；雖然這樣還免不了擁擠，可是到底不會再出人命，擠出十里，再擠回十里，不過是多走一些路，並沒有大的危險的；貓人的見解有時候是極人道的；況且擠著走，不見得一定不舒服，被大家把腳擠起來，分明便是坐了不花錢的車。

這個設想對不對，我不敢說。以後我必去看看有無老街道的遺痕，以便證明我的理論。

要只是擁擠，還算不了有什麼特色。人潮不只是一左一右的動，還一高一低的起伏呢。路上有個小石子，忽的一下，一群人全蹲下了，人潮起了個漩渦。石子，看小石子，非看不可！蹲下的改成坐下，四外又增加了許多蹲下的。

旋渦越來越大。後面的當然看不見那石子，往前擠，把前面坐著的擠起來了幾個，越擠越高，一直擠到人們的頭上。忽然大家忘了石子，都仰頭看上面的人。旋渦又填滿了。這個剛填滿，旁邊兩位熟人恰巧由天意遇到一塊，忽的一下，坐下了，談心。四圍的也都跟著坐下了，聽著二位談心。又起了個旋渦。旁聽的人對二位朋友所談的參加意見了，當然非打起來不可。

旋渦猛孤丁的擴大。打來打去，打到另一旋渦——二位老者正在街上擺棋。兩個旋渦合成一個，大家不打了，看著二位老者下棋，在對擺棋發生意見以前，這個旋渦是暫時沒有什麼變動的。

要只是人潮起伏，也還算不得稀奇。人潮中間能忽然裂成一道大縫，好像古代以色列人的渡過紅海。要不是有這麼一招兒，我真想不出，大蠍的迷葉隊怎能整隊而行；大蠍的房子是在貓城的中間。離貓城不遠，我便看見了那片人海，我以為大蠍的隊伍一定是繞著人海的邊上走。可是，大蠍在七個貓人頭上，一直的衝入人群去。奏樂了。我以為這是使行人讓路的表示。可是，一聽見音樂，人們全向隊伍這邊擠，擠得好像要裝運走的豆餅那麼緊。我心裡說：

大蠍若能穿過去，才怪！

哼，大蠍當然比我心中有準。只聽啪嗟啪嗟啪嗟，兵丁們的棍子就像唱武戲打鼓的那麼起勁，全打在貓人的頭上。人潮裂了一道縫。奇怪的是人們並不減少參觀的熱誠，雖是閃開了路，可依舊笑嘻嘻的，看著笑嘻嘻的！棍子也並不因此停止，還是啪嗟啪嗟的打著。

我留神看了看，城裡的貓人和鄉下的有點不同，他們的頭上都有沒毛而鐵皮了的一塊，像鼓皮的中心，大概是為看熱鬧而被兵們當作鼓打是件有歷史的事。經驗不是隨便一看便能得到的。我以為兵們的隨走隨打只是為開路。其實還另有作用：兩旁的觀眾原來並沒老實著，站在後面的誰也不甘居後列，推，踢，擠，甚至於咬，非達到「空前」的目的不可。

同時，前面的是反踹，肘頂，後倒。作著「絕後」的運動。兵丁們不只打最前面的，也伸長大棍「啪嗟」後面的貓頭。頭上真疼，彼此推擠的苦痛便減少一些，因而衝突也就少一些。這可以叫作以痛治痛的方法。

我只顧了看人們，老實的說。他們給我一種極悲慘的吸誘力，我似乎不能不看他們。我說，我只顧了看人，甚至於沒看那列房子是什麼樣子。我似乎心中已經覺到那些房子決不能美麗，因為一股臭味始終沒離開我的鼻子。設若污濁與美麗是可以調和的，也許我的判斷是錯誤的，但是我不能想像到阿房宮是被黑泥臭水包著的。

路上的人也漸漸的不許我抬頭了：只要我走近他們，他們立刻是一聲喊叫，猛的退出老遠，然後緊跟著又擁上了。城裡的貓人對於外國人的畏懼心，據我看，不像鄉下人那麼厲害，他們的驚異都由那一喊傾瀉出來，然後他們要上來仔細端詳了。

設若我在路上站定，準保我永遠不會再動，他們一定會把我圍得水洩不通。一萬個手指老指著我，貓人是爽宜的，看著什麼新鮮便當面指出。但是我到底不能把地球上人類的好體面心除掉，我真覺得難受！一萬個手指，都小手槍似的，在鼻子前面伸著，每個小手槍後面睜著兩個大圓眼珠，向著我發光。小手槍們向上傾，都指著我的臉呢；小手槍們向下斜，都指著我的下部呢。

我覺得非常的不安了，我恨不得一步飛起，找個清靜地方坐一會兒。我的勇氣沒有了，簡直的不敢抬頭了。我雖不是個詩人，可是多少有點詩人的敏銳之感，這些手指與眼睛好似快把我指化看化了，我覺得我已經不是個有人格的東西。可是事情總得兩面說著，我不敢抬頭也自有好處，路上的坑坎不平和一灘灘的臭泥，設若我是揚著頭走，至少可以把我的下半截弄成瘸豬似的。貓人大概沒修過一迴路，雖然他們有那麼久遠的歷史。我似乎有些頂看不起歷史，特別是那古遠的。

幸而到了大蠍的家，我這才看明白，貓城的房子和我在迷林住的那間小洞是大同小異的。

十二 外國人

大蠍的住宅正在城的中心。四面是高牆，沒門，沒窗戶。

太陽已快落了，街上的人漸漸散去。我這才看清，左右的房子也全是四方的，沒門，沒窗戶。

牆頭上露出幾個貓頭來，大蠍喊了幾聲，貓頭們都不見了。待了一會兒，頭又上來了，放下幾條粗繩來把迷葉一包一包的都用繩子拉上去。天黑了。街上一個人也不見了。迷葉包只拉上多一半去，兵們似乎不耐煩了，全顯出不安的神氣。我看出來：貓人是不喜歡夜間幹活的，雖然他們的眼力並不是不能在黑處工作的。

大蠍對我又很客氣了：我肯不肯在房外替他看守一夜那未拉完的迷葉？兵

們一定得回家，現在已經是很晚了。

我心裡想：假如我有個手電燈，這倒是個好機會，可以獨自在夜間看看貓城。可惜，兩個手電燈都在飛機上，大概也都摔碎了。我答應了大蠍；雖然我極願意看看他的住宅的內部，可是由在迷林住著的經驗推測，在房子裡未必比在露天裡舒服。大蠍喜歡了，下令叫兵們散去。然後他自己揪著大繩上了牆頭。

剩下我一個人，小風還刮著，星比往常加倍的明亮，頗有些秋意，心中覺得很爽快。可惜，房子外邊一道臭溝叫我不能安美的享受這個靜寂的夜晚。扯破一個迷葉包，吃了幾片迷葉，一來為解餓，二來為抵抗四圍的臭氣，然後獨自走來走去。

不由的我想起許多問題來：為什麼貓人白天鬧得那麼歡，晚間便全藏起來呢？社會不平安的表示？那麼些個人都鑽進這一列房子去，不透風，沒有燈光，只有蒼蠅，臭氣，污穢，這是生命？房子不開門？不開窗戶？噢，怕搶劫！為求安全把衛生完全忘掉，疾病會自內搶劫了他們的生命！又看見那毀滅的巨指，我身上忽然覺得有點發顫。假如有像虎列拉、猩紅熱等的傳染病，這城，這城，一個星期的工夫可以掃空人跡！越看這城越難看，一條醜大的黑影站在星光之下，沒有一點聲音，只發著一股臭氣。

我搬了幾包迷葉，鋪在離臭溝很遠的地方，仰臥觀星，這並不是不舒服的一個床。但是，我覺得有點淒涼。我似乎又有點羨慕那些貓人了。髒，臭，不透空氣……到底他們是一家老幼住在一處，我呢？獨自在火星上與星光作伴！還要替大蠍看著迷葉！我不由的笑了，雖然眼中笑出兩點淚來。

我慢慢的要睡去，心中有兩個相反的念頭似乎阻止著我安然的入夢：應當忠誠的替大蠍看著迷葉；和管他作什麼呢。正在這麼似睡非睡的當兒，有人拍了拍我的肩頭。我登時就坐起來了，可是還以為我是作夢。無意義的揉了揉眼睛，面前站著兩個貓人。在準知道沒人的地方遇見人，不由得使我想到鬼，原人的迷信似乎老這麼冷不防的嚇嚇我們這「文明」的人一下。

我雖沒細看他們，已經準知道他們不是平常的貓人，因為他們敢拍我肩頭一下。我也沒顧得抓手槍，我似乎忘了我是在火星上。「請坐！」我不知道怎麼想起這麼兩個字來，或者因為這是常用的客氣話，所以不自覺地便說出來了。

這兩位貓人很大方的坐下來。我心中覺得非常舒適；在貓人裡處了這麼多日子，就沒有見過大大方方接受我的招待的。

「我們是外國人。」兩個中的一個胖一些的人說，「你知道我為什麼提出『外國人』的意思？」

我明白他的意思。

「你也是外國人。」那個瘦些的說——他們兩個不像是把話都預先編好才來的，而是顯出一種互相尊敬的樣子，決不像大蠍那樣把話一個人都說了，不許別人開口。

「我是由地球上來的。」我說。

「噢！」兩個一同顯出驚訝的意思，「我們久想和別的星球交通，可是總沒有辦到。我們太榮幸了！遇見地球上的人！」兩個一同立起來，似乎對我表示敬意。

我覺得我是又入了「人」的社會，心中可是因此似乎有些難過，一句客氣話也沒說出來。

他們又坐下了，問了我許多關於地球上的事。我愛這兩個人。他們的話語是簡單清楚，沒有多少客氣的字眼，同時處處不失朋友間的敬意，「恰當」是最好的形容字。恰當的話設若必須出於清楚的思路，這兩個人的智力要比大蠍

——更不用提其餘的貓人——強著多少倍。

他們的國——光國，他們告訴我，是離此地有七天的路程。他們的職業和我的一樣，為貓國地主保護迷林。

在我問了他們一些光國的事以後，他們說：

「地球先生，」（他們這樣稱呼我似乎是帶著十二分的敬意）那個胖子說，「我們來有兩個目的：第一是請你上我們那裡去住，第二是來搶這些迷葉。」

第二個目的嚇了我一跳。

「你向地球先生解說第二個問題。」胖子向瘦子說，「因為他似乎還不明白咱們的意思。」

「地球先生，」瘦子笑著說，「恐怕我們把你嚇住了吧？請先放心，我們決不用武力，我們是來與你商議。大蠍的迷葉託付在你手裡，你忠心給他看守著呢，大蠍並不分外的感激你；你把它們沒收了呢，大蠍也不恨你；這貓國的人，你要知道，是另有一種處世的方法的。」

「你們都是貓人！」我心裡說。

他好像猜透我心中的話，他又笑了：「是的，我們的祖先都是貓，正如

——」

「我的祖先是猴子。」我也笑了。

「是的，咱們都是會出壞主意的動物，因為咱們的祖先就不高明。」他看了看我，大概承認我的樣子確像猴子，然而他說：「我們還說大蠍的事吧。你忠心替他看著迷葉，他並不感激你。反之，你把這一半沒收了，他便可以到處聲張他被竊了，因而提高他的貨價。富人被搶，窮人受罰，大蠍永不會吃虧。」

「但是，那是大蠍的事；我既受了他的囑託，就不應騙他；他的為人如何是一回事，我的良心又是一回事。」我告訴他們。

「是的，地球先生。我們在我們的國裡也是跟你一樣的看事，不過，在這貓國裡，我們忠誠，他們狡詐，似乎不很公平。老實的講，火星上還有這麼一國存在，是火星上人類的羞恥。我們根本不拿貓國的人當人待。」

「因此我們就應該更忠誠正直；他們不是人，我們還要是人。」我很堅決的說。

那個胖子接了過去：「是的，地球先生。我們不是一定要叫你違背著良心作事。我們的來意是給你個警告，別吃了虧。我們外國人應當彼此照應。」

「原諒我，」我問，「貓國的所以這樣貧弱是否因為外國的聯合起來與他為難呢？」

「有那麼一點。但是，在火星上，武力缺乏永遠不是使國際地位失落的原因。國民失了人格，國便慢慢失了國格。沒有人願與沒國格的國合作的。我們承認別國有許多對貓國不講理的地方，但是，誰肯因為替沒有國格的國說話而傷了同等國家的和氣呢？火星上還有許多貧弱國家，他們並不因為貧弱而失去國際地位。國弱是有多種原因的，天災，地勢都足以使國家貧弱；但是，沒有人格是由人們自己造成的，因此而衰弱是惹不起別人的同情的。以大蠍說吧，你是由地球上來的客人，你並不是他的奴隸，他可曾請你到他家中休息一刻？他可曾問你吃飯不吃？他只叫你看著迷葉！我不是激動你，以便使你搶劫他，我是要說明我們外國人為什麼小看他們。現在要說到第一個問題了。」胖子喘了口氣，把話交給瘦子。

「設若明天，你地球先生，要求在大蠍家裡住，他決定不收你。為什麼？以後你自己會知道。我們只說我們的來意：此地的外國人另住在一個地方，在這城的西邊。凡是外國人都住在那裡，不分國界，好像是個大家庭似的。現在我們兩個擔任招待的職務，知道那個地方的，由我們兩個招待，不知道的，由我們通知，我們天天有人在貓城左右看著，以便報告我們。我們為什麼組織這個團體呢，因為本地人的污濁的習慣是無法矯正的，他們的飯食和毒藥差不多，他們的醫生便是——噢，他們就沒有醫生！此外還有種種原因，現在不用細說，我們的來意完全出於愛護你，這大概你可以相信，地球先生？」

我相信他們的真誠。我也猜透一點他們沒有向我明說的理由。但是我既來到貓城便要先看看貓城。也許先看別的國家是更有益的事；由這兩個人我就看出來，光國一定比貓國文明的多，可是，看文明的滅亡是不易得的機會。我決不是拿看悲劇的態度來看歷史，我心中實在希望我對貓城的人有點用處。我不敢說我同情於大蠍，但是大蠍不足以代表一切的人。我不疑心這兩個外國人的話，但是我必須親自去看過。

他們兩個猜著我的心思，那個胖的說：「我們現在不用決定吧。你不論什麼時候願去找我們，我們總是歡迎你的。從這裡一直往西去——頂好是夜間走，不擁擠——走到西頭，再走，不大一會兒便會看見我們的住處。再見，地球先生！」

他們一點不帶不喜歡的樣子，真誠而能體諒，我真感激他們。

「謝謝你們！」我說，「我一定上你們那裡去，不過我先要看看此地的人們。」

「不要隨便吃他們的東西！再見！」他們倆一齊說。

不！我不能上外國城去住！貓人並不是不可造就的，看他們多麼老實：被兵們當作鼓打，還是笑嘻嘻的；天一黑便去睡覺，連半點聲音也沒有。這樣的人民還不好管理？假如有好的領袖，他們必定是最和平，最守法的公民。

我睡不著了。心中起了許多許多色彩鮮明的圖畫：貓城改建了，成了一座花園似的城市，音樂，雕刻，讀書聲，花，鳥，秩序，清潔，美麗……

十三 青年貓人

大蠍把迷葉全運進去，並沒說聲「謝謝」。

我的住處，他管不著；在他家裡住是不行的，不行，一千多個理由不行。最後他說：「和我們一塊住，有失你的身分呀！你是外國人，為何不住在外國城去？」他把那兩個光國人不肯明說的話說出來了——不要臉的爽直！

我並沒動氣，還和他細細的說明我要住在貓城的原因。我甚至於暗示出，假如他的家裡不方便，我只希望看看他的家中是什麼樣子，然後我自己會另找住處去。看看也不行。這個拒絕是預料得到的。在迷林裡幾個月的工夫，他到底住在哪裡？我始終沒探問出來；現在迷葉都藏在家裡，被我知道了豈不是危險的事。我告訴大蠍，我要是有意搶劫他的迷葉，昨天晚上就已下手了，何必等他藏好我再多費事。他搖頭：他家中有婦女，不便招待男客，這是個極有力的理由。但是，看一看並不能把婦女看掉一塊肉呀——噢，我是有點糊塗，那不是大蠍的意思。

牆頭上露出個老貓頭來，一腦袋白毛，豬嘴抽抽著好像個風乾的小木瓜。老貓喊起來：「我們不要外國人！不要外國人！不要，不要！」這一定是大蠍的爸爸。

我還是沒動氣，我倒佩服這個乾木瓜嘴的老貓，他居然不但不怕，而且敢看不起外國人。這個看不起人也許出於無知，但是據我看，他總比大蠍多些人味。

一個青年的貓人把我叫到一旁，大蠍乘機會爬上牆去。

青年貓人，這是我最希望見一見的。這個青年是大蠍的兒子。我更歡喜了，我見著了三輩。木瓜嘴的老貓與大蠍，雖然還活著，也許有很大的勢力，究竟是過去的人物了；診斷貓國病症的有無起色，青年是脈門。

「你是由遠處來的？」小蠍——其實他另有名字，我這麼叫他，為是省事——問我。

「很遠很遠！告訴我，那個老年人是不是你的祖父？」我問。

「是。祖父以為一切禍患都是外國人帶來的，所以最恨外國人。」

「他也吃迷葉？」

「吃。因為迷葉是自外國傳來的，所以他覺得吃迷葉是給外國人丟臉，不算他自己的錯處。」

四圍的人多了，全瞪著圓眼，張著嘴，看怪物似的看著我。

「我們不能找著清靜地方談一談？」

「我們走到哪裡，他們跟到哪裡；就在這裡談吧。他們並不要聽我們說什麼，只要看看你怎麼張嘴，怎麼眨眼就夠了。」

我很喜愛小蠍的爽直。

「好吧。」我也不便一定非找清靜地方不可了。「你的父親呢？」

「父親是個新人物，至少是二十年前的新人物。二十年前他反對吃迷葉，現在他承襲了祖父的迷林。二十年前他提倡女權，現在他不許你進去，因為家中有婦女。祖父常說，將來我也是那樣：少年的脾氣喜新好奇，一到中年便回頭看祖宗的遺法了。祖父一點外國事不懂，所以拿我們祖先遺傳下來的規法當作處世的標準。父親知道一些外國事，在他年青的時候，他要處處倣傚外國人，現在他拿那些知識作為維持自己利益的工具。該用新方法的地方他使用新方法，不似祖父那樣固執；但是這不過是處世方法上的運用，不是處世的宗旨的變動，在宗旨上父親與祖父是完全相同的。」

我的眼閉上了；由這一片話的光亮裡我看見一個社會變動的圖畫的輪廓。這輪廓的四外，也許是一片明霞，但是輪廓的形成線以內確是越來越黑。這團黑氣是否再能與那段明霞聯合成一片，由陰翳而光明，全看小蠍身上有沒有一點有力的光色。我這樣想，雖然我並不知道小蠍是何等的人物。

「你也吃迷葉？」我突然的問出來，好似我是抓住迷葉，拿它作一切病患的根源了，我並回答不出為什麼這樣想的理由。

「我也吃。」小蠍回答。

我心眼中的那張圖畫完全黑了，連半點光明也沒有了。

「為什麼？」我太不客氣了——「請原諒我的這樣爽直！」

「不吃它，我無法抵抗一切！」

「吃它便能敷衍一切？」

小蠍老大半天沒言語。

「敷衍，是的！我到過外國，我明白一點世界大勢。但是在不想解決任何的問題的民眾中，敷衍；不敷衍怎能活著呢？」小蠍似笑非笑的說。

「個人的努力？」

「沒用！這樣多糊塗，老實，愚笨，可憐，貧苦，隨遇而安，快活的民眾；這麼多只拿棍子，只搶迷葉與婦女的兵；這麼多聰明，自私，近視，無恥，為自己有計劃，對社會不關心的政客；個人的努力？自己的腦袋到底比別人的更值得關切一些！」

「多數的青年都這麼思想嗎？」我問。

「什麼？青年？我們貓國裡就沒有青年！我們這裡只有年紀的分別，設若年紀小些的就算青年，由這樣青年變成的老人自然是老——」他大概是罵人呢，我記不得那原來的字了。「我們這裡年紀小的人，有的腦子比我祖父的還要古老；有的比我父親的心眼還要狹窄；有的——」

「環境不好也是不可忽略的事實，」我插嘴說，「我們不要太苛了。」

「環境不好是有惡影響的，可是從另一方面說，環境不好也正是使人們能醒悟的；青年總應當有些血性；可是我們的青年生下來便是半死的。他們不見著一點小便宜，還好；只要看見一個小錢的好處，他們的心便不跳了。平日他們看一切不合適；一看到便宜，個人的利益，他們對什麼也覺得順眼了。」

「你太悲觀了，原諒我這麼說，你是個心裡清楚而缺乏勇氣的悲觀者。你只將不屑於努力的理由作為判斷別人的根據，因此你看一切是黑色的，是無望的；事實上或者未必如此。也許你換一個眼光去看，這個社會並不那麼黑暗的可怕？」

「也許；我把這個觀察的工作留給你。你是遠方來的人，或者看得比我更清楚更到家一些。」小蠍微微的笑了笑。

我們四圍的人似乎已把我怎樣張嘴，怎樣眨眼看夠了——看明白了沒有還很可疑——他們開始看我那條破褲子了。我還有許多許多問題要問小蠍，但是我的四圍已經幾乎沒有一點空氣了，我求小蠍給我找個住處。

他也勸我到外國城去住，不過他的話說得非常有哲學味：「我不希望你真作那份觀察的工作，因為我怕你的那點熱心與期望全被澆滅了。不過，你一定主張在這裡住，我確能給你找個地方。這個地方沒有別的好處，他們不吃迷葉。」

「有地方住便不用說別的了，就請費心吧！」我算是打定了主意，決不到外國城去住。

十四　貓國的教育

我的房東是作過公使的。公使已死去好幾年，公使太太除了上過外國之外，還有個特點——「我們不吃迷葉」，這句話她一天至少要說百十多次。不管房東是誰吧，我算達到爬牆的目的了。我好像小貓初次練習上房那麼驕傲，到底我可以看看這四方房子裡是怎樣的佈置了。

爬到半截，我心中有點打鼓了。我要說牆是搖動，算我說謊；隨著手腳所觸一勁兒落土，決一點不假。我心裡說：這酥餑餑式的牆也許另有種作用。爬到牆頭，要不是我眼暈，那必定是牆搖動呢。

房子原來沒頂。下雨怎辦呢？想不出，因而更願意在這裡住一住了。離牆頭五尺來深有一層板子，板子中間有個大窟窿。公使太太在這個窟窿中探著頭招待我呢。

公使太太的臉很大，眼睛很厲害，不過這不足使我害怕；一臉白粉，雖然很厚，可是還露著臉上的細灰毛，像個刺硬霜厚帶著眼睛的老冬瓜，使我有點發怵。

「有什麼行李就放在板子上吧。上面統歸你用，不要到下面來。天一亮吃飯，天一黑吃飯，不要誤了。我們不吃迷葉！拿房錢來！」公使太太確是懂得怎麼辦外交。

我把房錢付過。我有大蠍給我的那五百國魂在褲兜裡裝著呢。

這倒省事：我自己就是行李，只要我有了地方住，什麼也不必張心了。房子呢，就是一層板，四面牆，也用不著搬桌弄椅的搗亂。只要我不無心中由窟窿掉下去，大概便算天下太平。板子上的泥至少有二寸多厚，泥裡發出來的味道，一點也不像公使家裡所應有的。上面曬著，下面是臭泥，我只好還得上街去。我明白了為什麼貓人都白天在街上過活了。

我還沒動身，窟窿中爬出來了：公使太太，同著八個冬瓜臉的婦女。八位女子先爬出牆去，誰也沒敢正眼看我。末後，公使太太身在牆外，頭在牆上發了話：

「我們到外邊去，晚上見！沒有法子，公使死了，責任全放在我身上，我得替他看著這八個東西！沒錢，沒男子，一天到晚得看著這八個年輕的小妖精！我們不吃迷葉！丈夫是公使，公使太太，到過外國，不吃迷葉，一天到晚得看著八個小母貓！」

我希望公使太太快下去吧，不然這八位婦女在她口中不定變成什麼呢！公使太太頗知趣，忽的一下不見了。

我又掉在迷魂陣裡。怎麼一回事呢？八個女兒？八個小姑？八個妾？對了，八個妾。大蠍不許我上他家去，大概也因為這個。板子下面，沒有光，沒有空氣，一個貓人，帶著一群母貓──引用公使太太的官話──臭，亂，淫，醜……我後悔了，這種家庭看與不看沒什麼重要。但是已交了房錢，況且，我到底得設法到下面去看看，不管是怎樣的難堪。

她們都出去了，我是否應當現在就下去看看？不對，公使太太囑咐我不要下去，偷偷的窺探是不光明的。正在這麼猶豫，牆頭上公使太太的頭又回來了：

「快出去，不要私自往下面看，不體面！」

我趕緊的爬下去。找誰去呢？只有小蠍可以談一談，雖然他是那麼悲觀。但是，上哪裡去找他呢？他當然不會在家裡；在街上找人和海裡摸針大概一樣的無望。我橫著擠出了人群，從遠處望望那條街。我看清楚：城的中間是貴族的住宅與政府機關，因為房子比左右的高著很多。越往兩邊去越低越破，一定是貧民的住處和小鋪子。記清了這個大概就算認識貓城了。

正在這個當兒，從人群擠出十幾個女的來。白臉的一定是女的，從遠處我也能認清了。她們向著我來了。我心中有點不得勁：由公使太太與大蠍給我的印象，我以為此地的婦女必定是極服從，極老實，極不自由的。隨便亂跑，像這十幾個女的，一定不會是有規矩的。我初到此地，別叫人小看了我，我得小心著點。我想到這裡，便開始要跑。

「開始作觀察的工作嗎？」小蠍的聲音。

我仔細一看，原來他在那群女郎的中間裹著呢。

我不用跑了。一展眼的工夫，我與小蠍被圍在中間。

「來一個？」小蠍笑著說。眼睛向四圍一轉：「這是花，這是迷，比迷葉還迷的迷，這是星……」他把她們的名字都告訴給我，可是我記不全了。

迷過來向我擠了擠眼，我打了個冷戰。我不知道怎樣辦好了：這群女子是幹什麼的，我不曉得。設若都是壞人，我初來此地，不應不愛惜名譽；設若她們都是好人，我不應得罪她們。說實話，我雖不是個恨惡婦女的人，可是我對女子似乎永遠沒什麼好感。我總覺得女子的好擦粉是一種好作虛偽的表示。自然，我也見過不擦粉的女子，可是，她們不見得比別的女子少一點虛偽。這點心理並不使我對女子減少應有的敬禮，敬而遠之是我對女性的態度。因此我不肯得罪了這群女郎。

小蠍似乎看出我的進退兩難了。他鬧著玩似的用手一推她們，「去！去！兩個哲學家遇見就不再要你們了。」她們唧唧的笑了一陣，很知趣的擠入人群裡去。我還是發愣。

「舊人物多娶妾，新人物多娶妻，我這厭舊惡新的人既不娶妻，又不納妾，只是隨便和女子遊戲遊戲。敷衍，還是敷衍。誰敢不敷衍女的呢？」

「這群女的似乎——」我不知道怎樣說好。

「她們？似乎——」小蠍接過去，「似乎——是女子。壓制她們也好，寵愛她們也好，尊敬她們也好，迷戀她們也好，豢養她們也好；這只隨男人的思想而異，女子自己永遠不改變。我的曾祖母擦粉，我的祖母擦粉，我的母親擦粉，我的妹妹擦粉，這群女子擦粉，這群女子的孫女還要擦粉。把她們鎖在屋裡要擦粉，把她們放在街上還要擦粉。」

「悲觀又來了！」我說。

「這不是悲觀，這是高抬女子，尊敬女子，男子一天到晚瞎胡鬧，沒有出息，忽而變為聖人，忽而變為禽獸；只有女子，惟獨女子，是始終純潔，始終是女子，始終奮鬥：總覺得天生下來的臉不好，而必擦些白粉。男子設若也覺得聖人與禽獸的臉全欠些白潤，他們當然不會那麼沒羞沒恥，他們必定先顧臉面，而後再去瞎胡鬧。」

這個開玩笑似的論調又叫我默想了。

小蠍很得意的往下說：「剛才這群女的，都是『所謂』新派的女子。她們是我父親與公使太太的仇敵。這並非說她們要和我父親打架；而是我父親恨她們，因為他不能把她們當作迷葉賣了，假如她們是他的女兒；也不能把她們鎖在屋裡，假如她們是他的妻妾。這也不是說她們比我的母親或公使太太多些力量，多些能幹，而是她們更像女子，更會不作事，更會不思想——可是極會往臉上擦粉。她們都頂可愛，就是我這不愛一切的人也得常常敷衍她們一下。」

「她們都受過新教育？」我問。

小蠍樂得半天說不出話來。

「教育？噢，教育，教育，教育！」小蠍似乎有點發瘋，「貓國除了學校裡『沒』教育，其餘處處『都是』教育！祖父的罵人，教育；父親的賣迷葉，教育；公使太太的監管八個活的死母貓，教育；大街上的臭溝，教育；兵丁在人頭上打鼓，教育；粉越擦越厚，女子教育；處處是教育，我一聽見教育就多吃十片迷葉，不然，便沒法不嘔吐！」

「此地有很多學校？」

「多。你還沒到街那邊去看？」

「沒有。」

「應當看看去。街那邊全是文化機關。」小蠍又笑了。「文化機關與文化有關係沒有，你不必問，機關確是在那裡。」他抬頭看了看天：「不好，要下雨！」

天上並沒有厚雲，可是一陣東風颳得很涼。

「快回家吧！」小蠍似乎很怕下雨。「晴天還在這裡見。」

人潮遇見暴風，一個整勁往房子那邊滾。我也跟著跑，雖然我明知道回到家中也還是淋著，屋子並沒有頂。看人們瘋了似的往牆上爬也頗有意思，我看見過幾個人作障礙競走，但是沒有見過全城的人們一齊往牆上爬的。

東風又來了一陣，天忽然的黑了。一個扯天到地的大紅閃，和那列房子交成一個大三角。雞蛋大小的雨點隨著一聲雷拍打下來。遠處刷刷的響起來，雨點稀少了，天低處灰中發亮，一陣涼風，又是一個大閃，聽不見單獨的雨點響了，一整排雨道從天上倒下來。天看不見了。一切都看不見了。只有閃光更厲害了。雨道高處忽然橫著截開，一條驚蛇極快的把黑空切開一塊，顫了兩顫不見了；一切全是黑的了。跑到牆根，我身上已經完全濕了。

哪個是公使太太的房？看不清。我後退了幾步，等著借閃光看看。又是一個大的，白亮亮的，像個最大的黑鬼在天上偶爾一睜眼，極快的眨巴了幾下似的。不行，還是看不清。我急了，管它是誰的房呢，爬吧；爬上去再說。爬到半中腰，我摸出來了，這正是公使太太的房，因為牆搖動呢。

一個大閃，等了好像有幾個世紀，整個天塌來了似的一聲大雷。我和牆都由直著改成斜著的了。我閉上眼，又一聲響，我到哪裡去了？誰知道呢！

十五　公使太太

雷聲走遠了。這是我真聽見了呢，還是作夢呢？不敢說。我一睜眼；不，我不能睜眼，公使太太的房壁上的泥似乎都在我臉上貼著呢。是的，是還打雷呢，我確醒過來了。我用手摸；不能，手都被石頭壓著呢。腳和腿似乎也不見了，覺得像有人把我種在泥土裡了。

把手拔出來，然後把臉扒開。公使太太的房子變成了一座大土墳。我一邊拔腿，一邊瘋了似的喊救人；我是不要緊的，公使太太和八位小妖精一定在極下層埋著呢！空中還飛著些雨點，任憑我怎樣喊，一個人也沒來：貓人怕水，當然不會在天完全晴了之前出來。

把我自己埋著的半截拔脫出來，我開始瘋狗似的扒那堆泥土，也顧不得看身上有傷沒有。天晴了，貓人全出來。我一邊扒土，一邊喊救人。人來了不少，站在一旁看著。我以為他們誤會了我的意思，開始給他們說明：不是救我，是救底下埋著的九個婦人。大家聽明白了，往前擠了過來，還是沒人動手。我知道只憑央告是無效的，摸了摸褲袋裡，那些國魂還在那裡呢。「過來幫我扒的，給一個國魂！」

大家愣了一會，似乎不信我的話，我掏出兩塊國魂來，給他們看了看。行了，一窩蜂似的上來了。可是上來一個，拿起一塊石頭，走了；又上來一個，搬起一塊磚，走了；我心裡明白了：見便宜便撿著，是貓人的習慣。好吧，隨你們去吧；反正把磚石都搬走，自然會把下面的人救出來。

很快！像螞蟻運一堆米粒似的，叫人想不到能搬運得那麼快。底下出了聲音，我的心放下去一點。但是，只是公使太太一個人的聲音，我的心又跳上了。全搬淨了：公使太太在中間，正在對著那個木板窟窿那溜兒，坐著呢。其餘的八位女子，都在四角臥著，已經全不動了。我要先把公使太太扶起來，但是我的手剛一挨著她的胳臂，她說了話：

「哎喲！不要動我，我是公使太太！搶我的房子，我去見皇上，老老實實的把磚給我搬回來！」

其實她的眼還被泥糊著呢；大概見倒了房便搶，是貓人常幹的事，所以她已經猜到。四圍的人還輕手躡腳的在地下找呢。磚塊已經完全搬走了，有的開始用手捧土；經濟的壓迫使人們覺得就是捧走一把土也比空著手回家好，我這麼想。

公使太太把臉上的泥抓下來，腮上破了兩塊，腦門上腫起一個大包，兩眼睜得像冒著火。她掙扎著站起來，一瘸一點的奔過一個貓人去，不知道怎會那麼準確，一下子便咬住他的耳朵，一邊咬一邊從嘴角發出碌碌的叫，好似貓捉住了老鼠。那個被咬的嚎起來，拚命用手向後捶公使太太的肚子。兩個轉了半天，公使太太忽然看見地上臥著的婦女，她鬆了嘴，那個貓人像箭頭似的跑開，四圍的人喊了一聲，也退出十幾尺遠。公使太太抱住一個婦女痛哭起來。

我的心軟了，原來她並不是個沒人心的人，我想過去勸勸，又怕她照樣咬我的耳朵，因為她確乎有點發瘋的樣子。

哭了半天，她又看見了我。

「都是你，都是你，你把我的房扒倒了！你跑不了，他們搶我的東西也跑不了；我去見皇上，全殺了你們！」

「我不跑，」我慢慢的說，「我盡力幫著你便是了。」

「你是外國人，我信你的話。那群東西，非請皇上派兵按家搜不可，搜出一塊磚也得殺了！我是公使太太！」公使太太的吐沫飛出多遠去，啪的一聲唾出一口血來。

我不知道她是否有那麼大的勢力。我開始安慰她，唯恐怕她瘋了。「我們先把這八個婦女——」我問。

「你這裡來，把這八個妖精怎麼著？我只管活的，管不著死的，你有法子安置她們？」

這把我問住了，我知道怎麼辦呢，我還沒在貓國辦過喪事。公使太太的眼睛越發的可怕了，眼珠上流著一層水光，可是並不減少瘋狂的野火，好像淚都在眼中煉乾，白眼珠發出磁樣的浮光來。

「我跟你說說吧！」她喊，「我無處去訴苦，沒錢，沒男子，不吃迷葉，公使太太，跟你說說吧！」

我看出她是瘋了，她把剛才所說的事似乎都忘了，而想向我訴委屈了。

「這個，」她揪住一個死婦人的頭皮，「這個死妖精。十歲就被公使請來了。剛十歲呀，筋骨還沒長全，就被公使給收用了。一個月裡，不要天黑，一到黑天呀，她，這個小死妖精，她便嚎啊，嚎啊，爹媽亂叫，拉住我的手不放，管我叫媽，叫祖宗，不許我離開她。但是，我是賢德的婦人，我不能與個十歲的丫頭爭公使呀；公使要取樂，我不能管，我是太太，我得有太太的氣度。這個小妖精，公使一奔過她去，她就呼天喊地，嚎得不像人聲。公使取樂的時候，看她這個央告，她喊哪：公使太太！公使太太！好祖宗，來救救我！我能禁止公使取樂嗎？我不管。

「事完了，她躺著不動了，是假裝死呢，是真暈過去？我不知道，也不深究。我給她上藥，給她作吃食，這個死東西，她並一點不感念我的好處！後來，她長成了人，看她那個跋扈，她恨不能把公使整個的吞了。公使又買來了新人，她一天到晚的哭哭啼啼，怨我不攔著公使買人；我是公使太太，公使不多買人，誰能看得起他？這個小妖精，反怨我不管著公使，浪東西，臊東西，小妖精！」

公使太太把那個死貓頭推到一邊，順手又抓住另一個。「這個東西是妓女，她一天到晚要吃迷葉，還引誘著公使吃；公使有吃迷葉的癮怎麼再上外國？看她那個鬧！叫我怎辦，我不能攔著公使玩妓女，我又不能看著公使吃迷葉，而不能上外國去。我的難處，你不會想到作公使太太的難處有多麼大！我白天要監視著不叫她偷吃迷葉，到晚上還得防備著她鼓動公使和我搗亂，這個死東西！她時時刻刻想逃跑呢，我的兩隻眼簡直不夠用的了，我老得捎著她一眼，公使的妾跑了出去，大家的臉面何在？」公使太太的眼睛真像發了火，又抓住一個死婦人的頭：

「這個東西，最可惡的就是她！她是新派的妖精！沒進門之前她就叫公使把我們都攆出去，她好作公使太太，哈哈，那如何作得到。她看上了公使，只因為他是公使。別的妖精是公使花錢買來的，這個東西是甘心願意跟他，公使一個錢沒花，白玩了她。她把我們婦人的臉算丟透了！她一進門，公使連和我們說話都不敢了。公使出門，她得跟著，公使見客。她得陪著，她儼然是公使太太了。我是幹什麼的？公使多買女人，該當的；公使太太只能有我一個！我非懲治她不行了，我把她捆在房上，叫雨淋著她，淋了三回，她支持不住了，小妖精！她要求公使放她回家，她還說公使騙了她；我能放了她？自居後補公使太太的隨便與公使吵完一散？沒聽說過。想再嫁別人？沒那麼便宜的事。難哪！作公使太太不是件容易的事。我晝夜看著她。幸而公使又弄來了這個東西，」她轉身從地上挑選出一個死婦人，「她算是又和我親近了，打算聯合我，一齊反對這個新妖精。婦人都是一樣的，沒有男人陪著就發慌；公使和這新妖精一塊睡，她一哭便是一夜。我可有話說了：你還要作公使太太？就憑你這樣離不開公使？你看我這真正公使太太！要作公使太太就別想獨佔公使，公使不是賣東西的小販子，一輩子只抱著一個老婆！」

公使太太的眼珠子全紅了。抱住了一個死婦人的頭在地上撞了幾下。笑了一陣，看了看我——我不由的往後退了幾步。

「公使活著，她們一天不叫我心靜，看著這個，防備著那個，罵這個，打那個，一天到晚不叫我閒著。公使的錢，全被她們花了。公使的力量都被她們吸乾了。公使死了，連一個男孩子也沒留下。不是沒生過呀，她們八個，都生過男孩子，一個也沒活住。怎能活住呢，一個人生了娃娃，七個人晝夜設法謀害他。爭寵呀，唯恐有男孩子的升作公使太太。我這真作太太的倒沒像她們那麼嫉妒，我只是不管，誰把誰的孩子害了，是她們的事，與我不相干；我不去害小孩子，也不管她們彼此謀害彼此的娃娃，太太總得有太太的氣度。

「公使死了，沒錢，沒男子，把這八個妖精全交給了我！有什麼法子，我能任憑她們逃跑去嫁人嗎？我不能，我一天到晚看著她們，一天到晚苦口的相勸，叫她們明白人生的大道理。她們明白嗎？未必！但是我不灰心，我日夜的管著她們。我希望什麼？沒有可希望的，我只望皇上明白我的難處，我的志向，我的品行，賞給我些恤金，賜給我一塊大匾，上面刻上『節烈可風』。可是，你沒聽見我剛才哭嗎？你聽見沒有？」

我點點頭。

「我哭什麼？哭這群死妖精？我才沒工夫哭她們呢！我是哭我的命運，公使太太，不吃迷葉，現在會房倒屋塌，把我的成績完全毀滅！我再去見皇上，我有什麼話可講。設若皇上坐在寶座上問我：公使太太你有什麼成績來求賞賜？我說什麼？我說我替死去的公使管養著八個女人，沒出醜，沒私逃。皇上說，她們在哪裡呢？我說什麼？說她們都死了？沒有證據能得賞賜嗎？我說什麼？公使太太！」她的頭貼在胸口上了。我要過去，又怕她罵我。

她又抬起頭來，眼珠已經不轉了：「公使太太，到過外國……不吃迷葉……

恤金！大匾……公使太太……」

公使太太的頭又低了下去，身子慢慢的向一邊倒下來，躺在兩個婦人的中間。

十六 歷史上最黑的那幾頁

我難過極了！公使太太的一段哀鳴，使我為多少世紀的女子落淚，我的手按著歷史上最黑的那幾頁，我的眼不敢再往下看了。

不到外國城去住是個錯誤。我又成了無家之鬼了。上哪裡去？那群幫忙的貓人還看著我呢，大概是等著和我要錢。他們搶走了公使太太的東西，不錯，但是，那恐怕不足使他們扔下得個國魂的希望吧？我的頭疼得很厲害，牙也摔活動了兩個。我漸漸的不能思想了，要病。我的心中來了個警告。我把一褲袋的國魂，有十塊一個的，有五塊一個的，都扔在地上，讓他們自己分吧，或是搶吧，我沒精神去管。那八個婦人是無望了；公使太太呢，也完了，她的身下流出一大汪血，眼睛還睜著，似乎在死後還關心那八個小妖精。我無法把她們埋起來，旁人當然不管；難堪與失望使我要一拳把我的頭擊碎。

我在地上坐了一會兒。雖然極懶得動，到底還得立起來，我不能看著這些婦人在我的眼前臭爛了。我一瘸一拐的走，大概為外國人丟臉不少。街上又擠滿了人。有些少年人，手中都拿著塊白粉，挨著家在牆壁上寫字呢，牆還很潮，寫過以後，經小風一吹，特別的白。「清潔運動」，「全城都洗過」……每家牆壁上都寫上了這麼一句。雖然我的頭是那麼疼，我不能不大笑起來。下完雨提倡洗過全城，不必費人們一點力量，貓人真會辦事。是的，臭溝裡確乎被雨水給沖乾淨了，清潔運動，哈哈！莫非我也有點發瘋麼？我恨不能掏出手槍打死幾個寫白字的東西們！

我似乎還記得小蠍的話：街那邊是文化機關。我繞了過去，不是為看文化機關，而是希望找個清靜地方去忍一會兒。我總以為街市的房子是應當面對面的，此處街上的房子恰好是背倚背的，這個新排列方法使我似乎忘了點頭疼。可是，這也就是不大喜歡新鮮空氣與日光的貓人才能想出這個好主意，房背倚著房背，中間一點空隙沒有，這與其說是街，還不如說是疾病釀造廠。我的頭疼又回來了。在異國生病使人特別的悲觀，我似乎覺得沒有生還中國的希望了。

我顧不得細看了，找著個陰涼便倒了下去。

睡了多久？我不知道。一睜眼我已在一間極清潔的屋子中。我以為這是作夢呢，或是熱度增高見了幻象，我摸了摸頭，已不十分熱！我莫名其妙了。身上還懶，我又閉上了眼。有點極輕的腳步聲，我微微的睜開眼：比迷葉還迷的迷！她走過來，摸了摸我的頭，微微的點點頭：「好啦！」她向自己說。我不敢再睜眼，等著事實來說明事實吧。過了不大的工夫，小蠍來了，我放了心。

「怎樣了？」我聽見他低聲的問。

沒等迷回答，我睜開了眼。

「好了？」他問我。我坐起來。

「這是你的屋子？」我又起了好奇心。

「我們倆的，」他指了指迷，「我本來想讓你到這裡來住，但是恐怕父親不願意。你是父親的人，父親至少這麼想；他不願意我和你交朋友，他說我的外國習氣已經太深。」

「謝謝你們！」我又往屋中掃了一眼。

「你納悶我們這裡為什麼這樣乾淨？這就是父親所謂的外國習氣。」小蠍和迷全笑了。

是的，小蠍確是有外國習氣。以他的言語說，他的比大蠍的要多用著兩倍以上的字眼，大概許多字是由外國語借來的。

「這是你們倆的家？」我問。

「這是文化機關之一。我們倆借住。有勢力的人可以隨便佔據機關的房子。我們倆能保持此地的清潔便算對得起機關；是否應以私人佔據公家的地方，別人不問，我們也不便深究。敷衍，還得用這兩個最有意思的字！迷，再給他點迷葉吃。」

「我已經吃過了嗎？」我問。

「剛才不是我們灌你一些迷葉汁，你還打算再醒過來呀？迷葉是真正好藥！在此地，迷葉是眾藥之王。它能治的，病便有好的希望；它不能治的，只好等死。它確是能治許多的病。只有一樣，它能把『個人』救活，可是能把『國家』治死，迷葉就是有這麼一點小缺點！」小蠍又來了哲學家的味了。

我又吃了些迷葉，精神好多了，只是懶得很。我看出來貓國和別的外國人的智慧。他們另住在一處，的確是有道理的。貓國這個文明是不好惹的；只要你一親近它，它便一把油漆似的將你膠住，你非依著它的道兒走不可。貓國便是個海中的漩渦，臨近了它的便要全身陷入。要入貓國便須不折不扣的作個貓人，不然，乾脆就不要沾惹它。

我盡力的反抗吃迷葉，但是，結果？還得吃！在這裡必須吃它，不吃它別在這裡，這是絕對的。設若這個文明能征服了全火星——大概有許多貓國人抱著這樣的夢想——全火星的人類便不久必同歸於盡：濁穢，疾病，亂七八糟，糊塗，黑暗，是這個文明的特徵；縱然構成這個文明的分子也有帶光的，但是那一些光明決抵抗不住這個黑暗的勢力。這個勢力，我看出來，必須有朝一日被一些真光，或一些毒氣，好像殺菌似的被翦除淨盡。

不過，貓人自己不這麼想。小蠍大概看到這一步，可是因為看清這局棋已經是輸了，他便信手擺子，而自己笑自己的失敗了。至於大蠍和其餘的人只是作夢而已。

我要問小蠍的問題多極了。政治，教育，軍隊，財政，出產，社會，家庭……

「政治我不懂，」小蠍說，「父親是專門作政治的，去問他。其餘的事我有知道的，也有不知道的，頂好你先自己去看，看完再問我。只有文化事業我能充分幫忙，因為父親對什麼事業都有點關係，他既不能全照顧著，所以對文化事業由我作他的代表。你要看學校，博物院，古物院，圖書館，只要你說話，我便叫你看得滿意。」

我心裡覺得比吃迷葉還舒服了：在政治上我可以去問大蠍；在文化事業上問小蠍，有這二蠍，我對貓國的情形或者可以知道個大概了。

但是我是否能住在這裡呢？我不敢問小蠍。憑良心說，我確是半點離開這個清潔的屋子的意思也沒有。但是我不能搖尾乞憐，等著吧！

小蠍問我先去看什麼，慚愧，我懶得動。

「告訴我點你自己的歷史吧！」我說，希望由他的言語中看出一點大蠍家中的情形。

小蠍笑了。每逢他一笑，我便覺得他可愛又可憎。他自己知道他比別的貓人優越，因而他不肯伸一伸手去拉扯他們一把——恐怕弄髒了他的手！他似乎覺得他生在貓國是件大不幸的事，他是荊棘中唯一的一朵玫瑰。我不喜歡這個態度。

「父母生下我來，」小蠍開始說，迷坐在他一旁，看著他的眼。「那不關我的事。他們極愛我，也不關我的事。祖父也極愛我，沒有不愛孫子的祖父，不算新奇。幼年的生活似乎沒有什麼可說的。」

小蠍揚頭想了想，迷揚著頭看他。

「對了，有件小事也許值得你一聽，假如不值得我一說。我的乳母是個妓女。妓女可以作乳母，可是不准我與任何別的小孩子一塊玩耍。這是我們家的特別教育。為什麼非請妓女看護孩子呢？有錢。我們有句俗話：錢能招鬼。這位乳娘便是鬼中之一。祖父願意要她，因為他以為妓女看男孩，兵丁看女孩，是最好的辦法，因為她們或他們能教給男女小孩一切關於男女的知識。有了充分的知識，好早結婚，早生兒女，這樣便是對得起祖宗。

「妓女之外，有五位先生教我讀書，五位和木頭一樣的先生教給我一切貓國的學問。後來有一位木頭先生忽然不木頭了，跟我的乳母逃跑了。那四位木頭先生也都被攆了出去。我長大了，父親把我送到外國去。父親以為凡是能說幾句外國話的，便算懂得一切，他需要一個懂得一切的兒子。在外國住了四年，我當然懂得一切了，於是就回家來。出乎父親意料之外，我並沒懂得一切，只是多了一些外國習氣。可是，他並不因此而不愛我，他還照常給我錢花。我呢，樂得有些錢花，和星，花，迷，大家一天到晚湊湊趣。表面上我是父親的代表，主辦文化事業，其實我只是個寄生蟲。壞事我不屑於作，好事我作不了，敷衍——這兩個寶貝字越用越有油水！」小蠍又笑了，迷也隨著笑了。

「迷是我的朋友，」小蠍又猜著了我的心思，「一塊住的朋友。這又是外國習氣。我家裡有妻子，十二歲就結婚了，我六歲的時候，妓女的乳母便都教會了我，到十二歲結婚自然外行不了的。

「我的妻子什麼也會，尤其會生孩子，頂好的女人，據父親說。但是我願意要迷。父親情願叫我娶迷作妾，我不肯幹。父親有十二個妾，所以看納妾是最正當的事。父親最恨迷，可是不大恨我，因為他雖然看外國習氣可恨，可是承認世界上確乎有這麼一種習氣，叫作外國習氣。

「祖父恨迷，也恨我，因為他根本不承認外國習氣。我和迷同居，我與迷倒沒有什麼，可是對貓國的青年大有影響。你知道，我們貓國的人以為男女的關係只是『那麼』著。娶妻，那麼著；娶妾，那麼著；玩妓女，那麼著；現在講究自由聯合，還是那麼著；有了迷葉吃，其次就是想那麼著。我是青年人們的模範人物。大家都是先娶妻，然後再去自由聯合，有我作前例。可是，老人們恨我入骨，因為娶妻妾是大家可以住在一處的，專為那麼著，那麼著完了就生一群小孩子。現在自由聯合呢，既不能不要妻子，還得給情人另預備一個地方，不然，便不算作足了外國習氣。這麼一來，錢要花得特別的多，老人們自然供給不起，老人們不拿錢，青年人自然和老人們吵架。我與迷的罪過真不小。」

「不會完全脫離了舊家庭？」我問。

「不行呀，沒錢！自由聯合是外國習氣，可是我們並不能捨去跟老子要錢的本國習氣。這二者不調和，怎能作足了『敷衍』呢？」

「老人們不會想個好方法？」

「他們有什麼方法呢？他們承認女子只是為那麼著預備的。他們自己娶妾，也不反對年青的納小，怎能禁止自由聯合呢？他們沒方法，我們沒方法，大家沒方法。娶妻，娶妾，自由聯合，都要生小孩；生了小孩誰管養活著？老人沒方法，我們沒方法，大家沒方法。我們只管那麼著的問題。不管子女問題。老的拚命娶妾，小的拚命自由，表面上都鬧得挺歡，其實不過是那麼著，那麼著的結果是多生些沒人照管沒人養活沒人教育的小貓人，這叫作加大的敷衍。我祖父敷衍，我的父親敷衍，我敷衍，那些青年們敷衍；『負責』是最討厭的一個名詞。」

「女子自己呢？難道她們甘心承認是為那麼著的？」我問。

「迷，你說，你是女的。」小蠍向迷說。

「我？我愛你。沒有可說的。你願意回家去看那個會生小孩的妻子，你就去，我也不管。你什麼時候不愛我了，我就一氣吃四十片迷葉，把迷迷死！」

我等著她往下說，她不再言語了。

十七 貓小孩

我沒和小蠍明說，他也沒留我，可是我就住在那裡了。

第二天，我開始觀察的工作。先看什麼，我並沒有一定的計劃；出去遇見什麼便看什麼似乎是最好的方法。

在街的那邊，我沒看見過多少小孩子，原來小孩子都在街的這邊呢。我心裡喜歡了，貓人總算有這麼一點好處：沒忘了教育他們的孩子，街這邊既然都是文化機關，小孩子自然是來上學了。

貓小孩是世界上最快活的小人們。髒，非常的髒，形容不出的那麼髒；瘦，臭，醜，缺鼻短眼的，滿頭滿臉長瘡的，可是，都非常的快活。我看見一個臉上腫得像大肚罐子似的，嘴已腫得張不開，腮上許多血痕，他也居然帶著笑容，也還和別的小孩一塊跳，一塊跑。我心裡那點喜歡氣全飛到天外去了。我不能把這種小孩子與美好的家庭學校聯想到一處。快活？正因為家庭學校社會國家全是糊塗蛋，才會養成這樣糊塗的孩子們，才會養成這種髒，瘦，臭，醜，缺鼻短眼的，可是還快活的孩子們。這群孩子是社會國家的索引，是成人們的懲罰者。他們長大成人的時候不會使國家不髒，不瘦，不臭，不醜；我又看見了那毀滅的巨指按在這群貓國的希望上，沒希望！多妻，自由聯合，只管那麼著，沒人肯替他的種族想一想。愛的生活，在毀滅的巨指下講愛的生活，不知死的鬼！

我先不要匆忙的下斷語，還是先看了再說話吧。我跟著一群小孩走。來到一個學校：一個大門，四面牆圍著一塊空地。小孩都進去了。我在門外看著。小孩子有的在地上滾成一團，有的往牆上爬，有的在牆上畫圖，有的在牆角細細檢查彼此的秘密，都很快活。沒有先生。我等了不知有多久，來了三個大人。他們都瘦得像骨骼標本，好似自從生下來就沒吃過一頓飽飯，手扶著牆，慢慢的蹭，每逢有一陣小風他們便立定哆嗦半天。他們慢慢的蹭進校門。孩子們照舊滾，爬，鬧，看秘密。三位坐在地上，張著嘴喘氣。孩子們鬧得更厲害了，他們三位全閉上眼，堵上耳朵，似乎唯恐得罪了學生們。又過了不知多少時候，三位一起立起來，勸孩子們坐好。學生們似乎是下了決心永不坐好。又過了大概至少有一點鐘吧，還是沒坐好。幸而三位先生——他們必定是先生了——一眼看見了我，「門外有外國人！」只這麼一句，小孩子全面朝牆坐好，沒有一個敢回頭的。

三位先生的中間那一位大概是校長，他發了話：「第一項唱國歌。」誰也沒唱，大家都愣了一會兒，校長又說：「第二項向皇上行禮。」誰也沒行禮，大家又都愣了一會兒。「向大神默禱。」這個時候，學生們似乎把外國人忘了，開始你擠我，我擠你，彼此叫罵起來。「有外國人！」大家又安靜了。「校長訓話。」校長向前邁了一步，向大家的腦勺子說：

「今天是諸位在大學畢業的日子，這是多麼光榮的事體！」我幾乎要暈過去，就憑這群……大學畢業？但是，我先別動情感，好好的聽著吧。

校長繼續的說：

「諸位在這最高學府畢業，是何等光榮的事！諸位在這裡畢業，什麼事都明白了，什麼知識都有了，以後國家的大事便全要放在諸位的肩頭上，是何等的光榮的事！」校長打了個長而有調的呵欠。「完了！」

兩位教員拚命的鼓掌，學生又鬧起來。

「外國人！」安靜了。「教員訓話。」

兩位先生謙遜了半天，結果一位臉瘦得像個乾倭瓜似的先生向前邁了一步。我看出來，這位先生是個悲觀者，因為眼角掛著兩點大淚珠。他極哀婉的說：

「諸位，今天在這最高學府畢業是何等光榮的事！」他的淚珠落下一個來。「我們國裡的學校都是最高學府，是何等光榮的事！」又落下一個淚珠來。「諸位，請不要忘了校長和教師的好處。我們能作諸位的教師是何等的光榮，但是昨天我的妻子餓死了，是何等的……」他的淚像雨點般落下來。掙扎了半天，他才又說出話來：「諸位，別忘了教師的好處，有錢的幫點錢，有迷葉的幫點迷葉！諸位大概都知道，我們已經二十五年沒發薪水了？諸位……」他不能再說了，一歪身坐在地上。

「發證書。」

校長從牆根搬起些薄石片來，石片上大概是刻著些字，我沒有十分看清。

校長把石片放在腳前，說：「此次畢業，大家都是第一，何等的光榮！現在證書放在這裡，諸位隨便來拿，因為大家都是第一，自然不必分前後的次序。散會。」

校長和那位先生把地下坐著的悲觀者攙起，慢慢的走出來。學生並沒去拿證書，大家又上牆的上牆，滾地的滾地，鬧成一團。

什麼把戲呢？我心中要糊塗死！回去問小蠍。

小蠍和迷都出去了。我只好再去看，看完一總問他吧。

在剛才看過的學校斜旁邊又是一處學校，學生大概都在十五六歲的樣子。有七八個人在地上按著一個人，用些傢伙割剖呢。旁邊還有些學生正在捆兩個人。這大概是實習生理解剖，我想。不過把活人捆起來解剖未免太殘忍吧？我硬著心看著，到底要看個水落石出。一會兒的工夫，大家把那兩個人捆好，都扔在牆根下，兩個人一聲也不出，大概是已嚇死過去。那些解剖的一邊割宰，一邊叫罵：

「看他還管咱們不管，你個死東西！」扔出一隻胳膊來！

「叫我們唸書？不許招惹女學生？社會黑暗到這樣，還叫我唸書?!還不許在學校裡那麼著？挖你的心，你個死東西！」鮮紅的一塊飛到空中！

「把那兩個死東西捆好了？抬過一個來！」

「抬校長，還是歷史教員？」

「校長！」

我的心要從口中跳出來了！原來這是解剖校長與教員！

也許校長教員早就該殺，但是我不能看著學生們大宰活人。我不管誰是誰非，從人道上想，我不能看著學生們——或任何人——隨便行兇。我把手槍掏出來了。其實我喊一聲，他們也就全跑了，但是，我真動了氣，我覺得這群東西只能以手槍對待，其實他們哪值得一槍呢。

啷！我放了一槍。嘩啦，四面的牆全倒了下來。大雨後的牆是受不住震動的，我又作下一件錯事。想救校長，把校長和學生全砸在牆底了！我心中沒了主意。就是殺校長的學生也是一條命，我不能甩手一走。但是怎樣救這麼些人呢？幸而，牆只是土堆成的；我不知道近來心中怎麼這樣卑鄙，在這百忙中似乎想到：校長大概確是該殺，看這校址的建築，把錢他全自己賺了去，而只用些土堆成圍牆。辦學校的而私吞公款，該殺。雖然是這麼猜想，我可是手腳沒閒著，連拉帶扯，我很快的拉出許多人來。每逢拉出一個土鬼，連看我一眼也不看便瘋了似的跑去，像是由籠裡往外掏放生的鴿子似的。並沒有受重傷的，我心中不但舒坦了，而且覺得這個把戲很有趣。最後把校長和教員也掏出來，他們的手腳全捆著呢，所以沒跑。我把他們放在一旁；開始用腳各處的踢，看土裏邊還有人沒有，大概是沒有了；可是我又踢了一遍。確乎覺得是沒有人了，我回來把兩位捆著的土鬼都鬆了綁。

待了好大半天，兩位先生睜開了眼。我手下沒有一些救急的藥，和安神壯氣的酒類，只好看著他們兩個，雖然我急於問他們好多事情，可是我不忍得立刻問他們。兩位先生慢慢的坐起來，眼睛還帶著驚惶的神氣。我向他們一微笑，低聲的問：「哪位是校長？」

兩人臉上帶出十二分害怕的樣子，彼此互相指了一指。

神經錯亂了，我想。

兩位先生偷偷的，慢慢的，輕輕的，往起站。我沒動。我以為他們是要活動活動身上。他們立起來，彼此一點頭，就好像兩個雌雄相逐的蜻蜓在眼前飛過那麼快，一眨眼的工夫，兩位先生已跑出老遠。追是沒用的，和貓人競走我是沒希望得勝的。我嘆了一口氣，坐在土堆上。

怎麼一回事呢？噢，疑心！藐小！狡猾！誰是校長？他們彼此指了一指。剛活過命來便想犧牲別人而保全自己，他們以為我是要加害於校長，所以彼此指一指。偷偷的，慢慢的立起來，像蜻蜓飛跑了去！哈哈！我狂笑起來！我不是笑他們兩個，我是笑他們的社會：處處是疑心，藐小，自利，殘忍。沒有一點誠實，大量，義氣，慷慨！學生解剖校長，校長不敢承認自己是校長……黑暗，黑暗，一百分的黑暗！難道他們看不出我救了他們？噢，黑暗的社會裡哪有救人的事。我想起公使太太和那八個小妖精，她們大概還在那裡臭爛著呢！

校長，先生，教員，公使太太，八個小妖精……什麼叫人生？我不由的落了淚。

到底是怎麼回事？想不出，還得去問小蠍。

十八 教育能使人變成野獸

下面是小蠍的話：

在火星上各國還是野蠻人的時候，我們已經有了教育制度，貓國是個古國。可是，我們的現行教育制度是由外國抄襲來的。這並不是說我們不該摹仿別人，而是說取法別人並不是件容易的事。互相摹仿是該當的，而且是人類文明改進的一個重要動力。沒有人採行我們的老制度，而我們必須學別人的新制度，這已見出誰高誰低。但是，假如我們能摹仿得好，使我們的教育與別國的並駕齊驅，我們自然便不能算十分低能。我們施行新教育制度與方法已經二百多年，可是依然一塌糊塗，這證明我們連摹仿也不會；自己原有的既行不開，學別人又學不好，我是個悲觀者，我承認我們的民族的低能。

低能民族的革新是個笑話，我們的新教育，所以，也是個笑話。

你問為什麼一點的小孩子便在大學畢業？你太誠實了，或者應說太傻了，你不知道那是個笑話嗎？畢業？畢業？那些小孩都是第一天入學的！要鬧笑話就爽快鬧到家，我們沒有其他可以自傲的事，只有能把笑話鬧得徹底。這過去二百年的教育史就是笑話史，現在這部笑話史已到了末一頁，任憑誰怎樣聰明也不會再把這個大笑話弄得再可笑一點。在新教育初施行的時候，我們的學校也分多少等級，學生必須一步一步的經過試驗，而後才算畢業。經過二百年的改善與進步，考試慢慢的取消了，凡是個學生，不管他上課與否，到時候總得算他畢業。可是，小學畢業與大學畢業自然在身分上有個分別，誰肯甘心落個小學畢業的資格呢，小學與大學既是一樣的不上課？所以我們徹底的改革了，凡是頭一天入學的就先算他在大學畢業，先畢業，而後——噢，沒有而後，已經畢業了，還要什麼而後？

這個辦法是最好的——在貓國。在統計上，我們的大學畢業生數目在火星上各國中算第一，數目第一也就足以自慰，不，自傲了；我們貓人是最重實際的。你看，屈指一算，哪一國的大學畢業生人數也跟不上我們的，事實，大家都滿意的微笑了。皇上喜歡這個辦法，要不是他熱心教育，怎能有這麼多大學畢業生？他對得起人民。教員喜歡這個辦法，人人是大學教師，每個學校都是最高學府，每個學生都是第一，何等光榮！家長喜歡這個辦法，七歲的小泥鬼，大學畢業；子弟聰明是父母的榮耀。學生更不必說了，只要他幸而生在貓國，只要他不在六七歲的時期死了，他總可以得個大學畢業資格。

從經濟上看呢，這個辦法更妙得出奇：原先在初辦學校的時候，皇上得年年拿出一筆教育費，而教育出來的學生常和皇上反對為難，這豈不是花錢找麻煩？現在呢，皇上一個錢不要往外拿，而年年有許多大學畢業生，這樣的畢業生也不會和皇上過不去。

餓死的教員自然不少，大學畢業生人數可增加了呢。原先校長教員因為掙錢，一天到晚互相排擠，天天總得打死幾個，而且有時候鼓動學生亂鬧，鬧得大家不安；現在皇上不給他們錢，他們還爭什麼？他們要索薪吧，皇上不理他們，招急了皇上，皇上便派兵打他們的腦勺。他們的後盾是學生，可是學生現在都一入學便畢業，誰去再幫助他們呢。沒有人幫助他們鬧事，他們只好等著餓死，餓死是老實的事，皇上就是滿意教師們餓死。

家長的兒童教育費問題解決了，他們只須把個小泥鬼送到學校裡，便算沒了他們的事。孩子們在家呢，得吃飯；孩子們入學校呢，也得吃飯；有飯吃，誰肯餓著小孩子；沒飯吃呢，小孩也得餓著；上學與不上學是一樣的，為什麼不去來個大學畢業資格呢？反正書筆和其他費用是沒有的，因為入學並不為讀書，也就不讀書，因為得資格，而且必定得資格。你說這個方法好不好？

為什麼還有人當校長與教員呢，你問？

這得說二百年來歷史的演進。你看，在原先，學校所設的課程不同，造就出來的人材也就不一樣，有的學工，有的學商，有的學農……可是這些人畢業後，幹什麼呢？學工的是學外國的一點技巧，我們沒給他們預備下外國的工業；學商的是學外國的一些方法，我們只有些個小販子，大規模的事業只要一開張便被軍人沒收了；學農的是學外國的農事，我們只種迷葉，不種別的；這樣的教育是學校與社會完全無關，學生畢業以後可幹什麼去？只有兩條出路：作官與當教員。

要作官的必須有點人情勢力，不管你是學什麼的，只要朝中有人便能一步登天。誰能都有錢有勢呢？作不著官的，教書是次好的事業；反正受過新教育的是不甘心去作小工人小販子的，漸漸的社會上分成兩種人：學校畢業的和非學校畢業的。前者是抱定以作官作教員為職業，後者是作小工人小販子的。

這種現象對於政治的影響，我今天先不說；對於教育呢，我們的教育便成了輪環教育。我唸過書，我畢業後便去教你的兒女，你的兒女畢業了，又教我的兒女。在學識上永遠是那一套東西，在人格上天天有些退步，這怎樣講呢？畢業的越來越多了，除了幾個能作官的，其餘的都要教書，哪有那麼多學校呢？只好鬧笑話。輪環教育本來只是為傳授那幾本不朽之作的教科書，並不講什麼仁義道德，所以為爭一個教席，有時候能引起一二年的內戰，殺人流血，好像大家真為教育事業拚命似的，其實只為那點薪水。

慢慢的教育經費被皇上，政客，軍人，都拿了去，大家開始專作索薪的運動，不去教書。學生呢，看透了先生們是什麼東西，也養成了不上課的習慣，於是開始剛才我說的不讀書而畢業的運動。這個運動斷送了教育經費的命。皇上，政客，軍人，家長，全贊助這個運動；反正教育是沒用的東西，而教員是無可敬畏的玩藝，大家樂得省幾個錢呢。但是，學校不能關門；恐怕外國人恥笑；於是入學便算大學畢業的運動成熟了。學校照舊開著，大學畢業人數日見增加，可是一個錢不要花。這是由輪環教育改成普及教育，即等於無教育，可是學校還開著。天大的笑話。

這個運動成熟的時候，作校長與教師的並不因此而減少對於教育的熱心，大家還是一天到晚打得不可開交。為什麼？原先的學校確是像學校的樣子，有桌椅，有財產，有一切的設備；有經費的時候，大家儘量賺錢，校長與教員只好開始私賣公產。爭校產：校產少的爭校產多的，沒校產的爭有校產的，又打了個血花亂濺。皇上總是有人心的，既停止了教育經費，怎再好意思禁止盜賣校產，於是學校一個一個的變成拍賣場，到了現在，全變成四面牆圍著一塊空地。

那麼，現在為什麼還有人願意作校長教員呢？不幹是閒著，幹也是閒著，何必不幹呢？再說，有個校長教員的名銜到底是有用的，由學生升為教員，由教員升為校長，這本來是輪環教育的必遵之路；現在呢，校長教員既無錢可拿，只好藉著這個頭銜作陞官的階梯。這樣，我們的學校裡沒教育，可是有學生有教員有校長。而且任何學校都是最高學府。學生一聽說自己的學校是最高學府，心眼裡便麻那麼一下，而後天下太平。

學校裡既沒有教育，真要讀書的人怎辦呢？恢復老制度——聘請家庭教師教子弟在家中唸書。自然，這只有富足的人家才能辦到，大多數的兒童還是得到學校裡去失學。這個教育的失敗把貓國的最後希望打得連影子也沒有了。

新教育的初一試行是污衊新學識的時期。新制度必須與新學識一同由外國搬運過來，學識而名之曰新的，顯然是學識老在往前進展，日新月異的搜求真理。可是新制度與新學識到了我們這裡便立刻長了白毛，像雨天的東西發霉。本來嗎，採取別人家的制度學識最容易像由別人身上割下一塊肉補在自己身上，自己覺得只要從別人身上割來一塊肉就夠了，大家只管割取人家的新肉，而不管肌肉所需的一切養分。

取來一堆新知識，而不曉得研究的精神，勢必走到輪環教育上去不可。這是污辱新知識，可是，在這個時期，人們確是抱著一種希望，雖然他們以為從別人身上割取一塊新肉便會使自己長生不老是錯誤的，可是究竟他們有這麼一點迷信，他們總以為只要新知識一到——不管是多麼小的一點——他們立刻會與外國一樣的興旺起來。

這個夢想與自傲還是可原諒的，多少是有點希冀的。到了現在，人們只知道學校是爭校長，打教員，鬧風潮的所在，於是他們把這個現象與新知識煮在一個鍋裡咒罵了：新知識不但不足以強國，而且是毀人的，他們想。這樣，由污衊新知識時期進而為咒罵新知識時期。現在家庭聘請教師教讀子弟，新知識一概除外，我們原有的老石頭書的價錢增長了十倍。我的祖父非常的得意，以為這是國粹戰勝了外國學問。我的父親高興了，他把兒子送到外國讀書，以為這麼一辦，只有他的兒子可以明白一切，可以將來幫助他利用新知識去欺騙那些抱著石頭書本的人。

父親是精明強幹的，他總以為外國的新知識是有用的，可是只要幾個人學會便夠了，有幾個學會外國的把戲，我們便會強盛起來。可是一般的人還是同情於祖父：新知識是種魔術邪法，只會使人頭暈目眩，只會使兒子打父親，女兒罵母親，學生殺教員，一點好處也沒有。這咒罵新知識的時期便離亡國時期很近了。

你問，這新教育崩潰的原因何在？我回答不出。我只覺得是因為沒有人格。你看，當新教育初一來到的時候，人們為什麼要它？是因為大家想多發一點財，而不是想叫子弟多明白一點事，是想多造出點新而好用的東西，不是想叫人們多知道一些真理。這個態度已使教育失去養成良好人格和啟發研究精神的主旨的一部分。

及至新學校成立了，學校裡有人，而無人格，教員為掙錢，校長為掙錢，學生為預備掙錢，大家看學校是一種新式的飯鋪；什麼是教育，沒有人過問。又趕上國家衰弱，社會黑暗，皇上沒有人格，政客沒有人格，人民沒有人格，於是這學校外的沒人格又把學校裡的沒人格加料的洗染了一番。

自然，在這貧弱的國家裡，許多人們連吃還吃不飽，是很難以講到人格的，人格多半是由經濟壓迫而墮落的。不錯。但是，這不足以作辦教育的人們的辯護。

為什麼要教育？救國。怎樣救國？知識與人格。

這在一辦教育的時候便應打定主意，這在一願作校長教師的時候便應該犧牲了自己的那點小利益。也許我對於辦教育的人的期許過重了。人總是人，一個教員正和一個妓女一樣的怕挨餓。我似乎不應專責備教員，我也確乎不肯專責備他們。但是，有的女人縱然挨餓也不肯當妓女，那麼，辦教育的難道就不能咬一咬牙作個有人格的人？自然，政府是最愛欺侮老實人的，辦教育的人越老實便越受欺侮；可是，無論怎樣不好的政府，也要顧及一點民意吧。假如我們辦教育的真有人格，造就出的學生也有人格，社會上能永遠瞎著眼看不出好壞嗎？

假如社會看辦教育的人如慈父，而造就出的學生都能在社會上有些成就，政府敢輕視教育？敢不發經費？我相信有十年的人格教育，貓國便會變個樣子。可是，新教育已辦了二百年了，結果？假如在老制度之下能養成一種老實，愛父母，守規矩的人們，怎麼新教育會沒有相當的好成績呢？

人人說——尤其是辦教育的人們——社會黑暗，把社會變白了是誰的責任？辦教育的人只怨社會黑暗，而不記得他們的責任是使社會變白了的，不記得他們的人格是黑夜的星光，還有什麼希望?!我知道我是太偏，太理想。但是辦教育的人是否都應當有點理想？我知道政府社會太不幫忙他們了，但是誰願意幫忙與政府社會中一樣壞的人？

你看見了那宰殺教員的？先不用驚異。那是沒人格的教育的當然結果。教員沒人格，學生自然也跟著沒人格。不但是沒人格，而且使人們倒退幾萬年，返回古代人吃人的光景。人類的進步是極慢的，可是退步極快，一時沒人格，人便立刻返歸野蠻，況且我們辦了二百年的學校？

在這二百年中天天不是校長與校長或教員打，便是教員與教員或校長打，不是學生與學生打，便是學生與校長教員打；打是會使人立刻變成獸的，打一次便增多一點野性，所以到了現在，學生宰幾個校長或教員是常見的事。你也用不著為校長教員抱不平，我們的是輪環教育，學生有朝一日也必變成校長或教員，自有人來再殺他們。好在多幾個這樣的校長教師與社會上一點關係沒有，學校裡誰殺了誰也沒人過問。

在這種黑暗社會中，人們好像一生出來便小野獸似的東聞聞西抓抓，希望搜尋到一點可吃的東西，一粒砂大的一點便宜都足使他們用全力去捉到。這樣的一群小人們恰好在學校裡遇上那麼一群教師，好像一群小餓獸遇見一群老餓獸，他們非用爪牙較量較量不可了，貪小便宜的慾望燒起由原人遺下來的野性，於是為一本書，一個迷葉，都可以打得死屍滿地。

鬧風潮是青年血性的激動，是有可原諒的；但是，我們此處的風潮是另有風味的，借題目鬧起來，拆房子毀東西，而後大家往家裡搬磚拾破爛，學生心滿意足，家長也皆大歡喜。因鬧風潮而家中白得了幾塊磚，一根木棍，風潮總算沒有白鬧。校長教師是得機會就偷東西，學生是藉機會就拆毀，拆毀完了往家裡搬運。校長教師該死。學生該死。學生打死校長教師正是天理昭彰，等學生當了校長教師又被打死也是理之當然，這就是我們的教育。教育能使人變成野獸，不能算沒有成績，哈哈！

十九　貓國的學者

小蠍是個悲觀者。我不能不將他的話打些折扣。但是，學生入學先畢業，和屠宰校長教員，是我親眼見的；無論我怎樣懷疑小蠍的話，我無從與他辯駁。我只能從別的方面探問。

「那麼，貓國沒有學者？」我問。

「有。而且很多。」我看出小蠍又要開玩笑了。果然，他不等我問便接著說：「學者多，是文化優越的表示，可是從另一方面看，也是文化衰落的現象，這要看你怎麼規定學者的定義。自然我不會給學者下個定義，不過，假如你願意看看我們的學者，我可以把他們叫來。」

「請來，你是說？」我矯正他。

「叫來！請，他們就不來了，你不曉得我們的學者的脾氣；你等著看吧！迷，去把學者們叫幾個來，說我給他們迷葉吃。叫星，花們幫著你分頭去找。」

迷笑嘻嘻的走出去。

我似乎沒有可問的了，一心專等看學者，小蠍拿來幾片迷葉，我們倆慢慢的嚼著，他臉上帶著點頂淘氣的笑意。

迷和星，花，還有幾個女的先回來了，坐了個圓圈把我圍在當中。大家看著我，都帶出要說話又不敢說的神氣。

「留神啊，」小蠍向我一笑，「有人要審問你了！」

她們全唧唧的笑起來。迷先說了話：

「我們要問點事，行不行？」

「行。不過，我對於婦女的事可知道的不多。」我也學會小蠍的微笑與口氣。

「告訴我們，你們的女子什麼樣兒？」大家幾乎是一致的問。

我知道我會回答得頂有趣味：「我們的女子，臉上擦白粉。」大家「噢」了一聲。「頭髮收拾得頂好看，有的長，有的短，有的分縫，有的向後攏，都擦著香水香油。」大家的嘴全張得很大，彼此看了看頭上的短毛，又一齊閉上嘴，似乎十二分的失望。

「耳朵上掛著墜子，有的是珍珠，有的是寶石，一走道兒墜子便前後的搖動。」大家摸了摸腦勺上的小耳朵，有的——大概是花——似乎要把耳朵揪下來。「穿著頂好看的衣裳，雖然穿著衣裳，可是設法要露出點肌肉來，若隱若現，比你們這全光著的更好看。」我是有點故意與迷們開玩笑：「光著身子只有肌肉的美，可是肌肉的顏色太一致，穿上各種顏色的衣裳呢，又有光彩，又有顏色，所以我們的女子雖然不反對赤身，可是就在頂熱的夏天也多少穿點東西。還穿鞋呢，皮子的，緞子的，都是高底兒，鞋尖上鑲著珠子，鞋跟上繡著花，好看不好看？」我等她們回答。

沒有出聲的，大家的嘴都成了個大寫的「O」。「在古時候，我們的女子有把腳裹得這麼小的，」我把大指和食指捏在一塊比了一比，「現在已經完全不裹腳了，改為——」

大家沒等我說完這句，一齊出了聲：「為什麼不裹了呢？為什麼不裹了呢？糊塗！腳那麼小，多麼好看，小腳尖上鑲上顆小珠子，多麼好看！」大家似乎真動了感情，我只好安慰她們：「別忙，等我說完！她們不是不裹腳了嗎，可是都穿上高底鞋，腳尖在這兒，」我指了指鼻尖，「腳踵在這兒，」我指了頭頂，「把身量能加高五寸。好看哪，而且把腳骨窩折了呢，而且有時候還得扶著牆走呢，而且設若折了一個底兒還一高一低的蹦呢！」大家都滿意了，可是越對地球上的女子滿意，對她們自己越覺得失望，大家都輕輕的把腳藏在腿底下去了。

我等著她們問我些別的問題。哼，大家似乎被高底鞋給迷住了：

「鞋底有多麼高，你說？」一個問。

「鞋上面有花，對不對？」又一個問。

「走起路來咯噔咯噔的響？」又一個問。

「腳骨怎麼折？是穿上鞋自然的折了呢，還是先彎折了腳骨再穿鞋？」又一個問。

「皮子作的？人皮行不行？」又一個問。

「繡花？什麼花？什麼顏色？」又一個問。

我要是會製革和作鞋，當時便能發了財，我看出來。

我正要告訴她們，我們的女子除了穿高底鞋還會作事，學者們來到了。

「迷，」小蠍說，「去預備迷葉汁。」又向花們說，「你們到別處去討論高底鞋吧。」

來了八位學者，進門向小蠍行了個禮便坐在地上，都揚著臉向上看，連捎我一眼都不屑於。

迷把迷葉汁拿來，大家都慢慢的喝了一大氣，閉上眼，好似更不屑於看我了。他們不看我，正好；我正好細細的看他們。八位學者都極瘦，極髒，連腦勺上的小耳朵都裝著兩兜兒塵土，嘴角上堆著兩堆吐沫，舉動極慢，比大蠍的動作還要更陰險穩慢著好多倍。

迷葉的力量似乎達到生命的根源，大家都睜開眼，又向上看著。忽然一位說了話：

「貓國的學者是不是屬我第一？」他的眼睛向四外一瞭，捎帶著捎了我一下。其餘的七位被這一句話引得都活動起來，有的搔頭，有的咬牙，有的把手指放在嘴裡，然後一齊說：

「你第一？連你爸爸算在一塊，不，連你祖父算在一塊，全是混蛋！」

我以為這是快要打起來了。誰知道，自居第一學者的那位反倒笑了，大概是挨罵挨慣了。

「我的祖父，我的父親，我自己，三輩子全研究天文，全研究天文，你們什麼東西！外國人研究天文用許多器具，鏡子，我們世代相傳講究只用肉眼，這還不算本事；我們講究看得出天文與人生禍福的關係，外國人能懂得這個嗎？昨天我夜觀天象，文星正在我的頭上，國內學者非我其誰？」

「要是我站在文星下面，它便在我頭上！」小蠍笑著說。

「大人說得極是！」天文學家不言語了。

「大人說得極是！」其餘的七位也找補了一句。

半天，大家都不出聲了。

「說呀！」小蠍下了命令。

有一位發言：「貓國的學者是不是屬我第一？」他把眼睛向四外一瞭。「天文可算學問？誰也知道，不算！讀書必須先識字，字學是唯一的學問。我研究了三十年字學了，三十年，你們誰敢不承認我是第一的學者？誰敢？」

「放你娘的臭屁！」大家一齊說。

字學家可不像天文家那麼老實，抓住了一位學者，喊起來：「你說誰的？

你先還我債，那天你是不是借了我一片迷葉？還我，當時還我，不然，我要不把你的頭擰下來，我不算第一學者！」

「我借你一片迷葉，就憑我這世界著名的學者，借你一片迷葉，放開我，不要髒了我的胳臂！」

「吃了人家的迷葉不認賬，好吧，你等著，你等著，你等我作字學通論的時候，把你的姓除外，我以國內第一學者的地位告訴全世界，說古字中就根本沒有你的姓，你等著吧！」

借吃迷葉而不認賬的學者有些害怕了，向小蠍央告：「大人，大人！趕快借給我一片迷葉，我好還他！大人知道，我是國內第一學者，但是學者是沒錢的人。窮既是真的，也許我借過他一片迷葉吃，不過不十分記得。大人，我還得求你一件事，請你和老大人求求情，多給學者一些迷葉。旁人沒迷葉還可以，我們作學者的，尤其我這第一學者，沒有迷葉怎能作學問呢？你看，大人，我近來又研究出我們古代刑法確是有活剝皮的一說，我不久便作好一篇文章，獻給老大人，求他轉遞給皇上，以便恢復這個有趣味，有歷史根據的刑法。就這一點發現，是不是可算第一學者？字學，什麼東西！只有歷史是真學問！」

「歷史是不是用字寫的？還我一片迷葉！」字學家態度很堅決。

小蠍叫迷拿了一片迷葉給歷史學家，歷史學家掐了一半遞給字學家，「還你，不該！」

字學家收了半片迷葉，咬著牙說：「少給我半片！你等著，我不偷了你的老婆才怪！」

聽到「老婆」，學者們似乎都非常的興奮，一齊向小蠍說：「大人，大人！我們學者為什麼應當一人一個老婆，而急得甚至於想偷別人的老婆呢？我們是學者，大人，我們為全國爭光，我們為子孫萬代保存祖宗傳留下的學問，為什麼不應當每人有至少三個老婆呢？」

小蠍沒言語。

「就以星體說吧，一個大星總要帶著幾個小星的，天體如此，人道亦然，我以第一學者的地位證明一人應該有幾個老婆的；況且我那老婆的『那個』是不很好用的！」

「就以字體說吧，古時造字多是女字旁的，可見老婆應該是多數的。我以第一學者的地位證明老婆是應該不只一個的；況且，」下面的話不便寫錄下來。

各位學者依次以第一學者的地位證明老婆是應當多數的，而且全拿出不便寫出的證據。我只能說，這群學者眼中的女子只是「那個」。

小蠍一言沒發。

「大人想是疲倦了？我們，我們，我們，」

「迷，再給他們點迷葉，叫他們滾！」小蠍閉著眼說。

「謝謝大人，大人體諒！」大家一齊唸道。

迷把迷葉拿來，大家亂搶了一番，一邊給小蠍行禮道謝，一邊互相垢罵，走了出去。

這群學者剛走出去，又進了一群青年學者。原來他們已在外邊等了半天，因為怕和老年學者遇在一處，所以等了半天。新舊學者遇到一處至少要出兩條人命的。

這群青年學者的樣子好看多了，不瘦，不髒，而且非常的活潑。進來，先向迷行禮，然後又向我招呼，這才坐下。我心中痛快了些，覺得貓國還有希望。

小蠍在我耳旁嘀咕：「這都是到過外國幾年而知道一切的學者。」

迷拿來迷葉，大家很活潑的爭著吃得很高興，我的心又涼了。

吃過迷葉，大家開始談話。他們談什麼呢？我是一字不懂！我和小蠍來往已經學得許多新字，可是我聽不懂這些學者的話。我只聽到一些聲音：咕嚕吧唧，地冬地冬，花拉夫司基……什麼玩藝呢？

我有點著急，因為急於明白他們說些什麼，況且他們不斷的向我說，而我一點答不上，只是傻子似的點頭假笑。

「外國先生的腿上穿著什麼？」

「褲子。」我回答，心中有點發糊塗。

「什麼作的？」一位青年學者問。

「怎麼作的？」又一位問。

「褲子是表示什麼學位呢？」又一位問。

「貴國是不是分有褲子階級，與無褲子階級呢？」又一位問。

我怎麼回答呢？我只好裝傻假笑吧。

大家沒得到我回答，似乎很失望，都過來用手摸了摸我的破褲子。

看完褲子，大家又咕嚕吧唧，地冬地冬，花拉夫司基……起來，我都快悶死了！

好容易大家走了，我才問小蠍，他們說的是什麼。

「你問我哪？」小蠍笑著說，「我問誰去呢？他們什麼也沒說。」

「花拉夫司基？我記得這麼一句。」我問。

「花拉夫司基？還有通通夫司基呢，你沒聽見嗎？多了！他們只把一些外國名詞聯到一處講話，別人不懂，他們自己也不懂，只是聽著熱鬧。會這麼說話的便是新式學者。我知道花拉夫司基這句話在近幾天正在走運，無論什麼事全是花拉夫司基，父母打小孩子，皇上吃迷葉，學者自殺，全是花拉夫司基。其實這個字當作『化學作用』講。等你再遇見他們的時候，你只管胡說，花拉夫司基，通通夫司基，大家夫司基，他們便以為你是個學者。只要名詞，不必管動詞，形容字只須在夫司基下面加個『的』字。」

「看我的褲子又是什麼意思呢？」我問。

「迷們問高底鞋，新學者問褲子，一樣的作用。青年學者是帶些女性的，講究清潔漂亮時髦，老學者講究直擒女人的那個，新學者講究獻媚。你等著看，過幾天青年學者要不都穿上褲子才怪。」

我覺得屋中的空氣太難過了，沒理小蠍，我便往外走。門外花們一群女子都扶著牆，腳後跟下墊著兩塊磚頭，練習用腳尖走路呢。

二十　貓拉夫司基

悲觀者是有可取的地方的：他至少要思慮一下才會悲觀，他的思想也許很不健全，他的心氣也許很儒弱，但是他知道用他的腦子。因此，我更喜愛小蠍一些。對於那兩群學者，我把希望放在那群新學者身上，他們也許和舊學者一樣的糊塗，可是他們的外表是快樂的，活潑的，只就這一點說，我以為他們是足以補小蠍的短處的；假如小蠍能鼓起勇氣，和這群青年一樣的快樂活潑，我想，他必定會幹出些有益於社會國家的事業。他需要幾個樂觀者作他的助手。我很想多見一見那群新學者，看看他們是否能幫助小蠍。

我從迷們打聽到他們的住處。

去找他們，路上經過好幾個學校。我沒心思再去參觀。我並不願意完全聽信小蠍的話，但是這幾個學校也全是四面土牆圍著一塊空地。即使這樣的學校能不像小蠍所說的那麼壞，我到底不能承認這有什麼可看的地方。對於街上來來往往的男女學生，我看他們一眼，眼中便濕一會兒。他們的態度，尤其是歲數大一點的，正和大蠍被七個貓人抬著走的時候一樣，非常的傲慢得意，好像他們個個以活神仙自居，而絲毫沒覺到他們的國家是世界上最丟臉的國家似的。辦教育的人糊塗，才能有這樣無知學生，我應當原諒這群青年，但是，二十上下歲的人們居然能一點看不出事來，居然能在這種地獄裡非常的得意，非常的傲慢，我真不曉得他們有沒有心肝。有什麼可得意的呢？我幾乎要抓住他們審問了；但是誰有那個閒工夫呢！

我所要找的新學者之中有一位是古物院的管理員，我想我可以因拜訪他而順手參觀古物院。古物院的建築不小，長裡總有二三十間房子。門外坐著一位守門的，貓頭倚在牆上，正睡得十分香甜。我探頭往裡看，再沒有一個人影。古物院居然可以四門大開，沒有人照管著，奇！況且貓人是那麼愛偷東西，怪！我沒敢驚動那位守門的，自己硬往裡走。穿過兩間空屋子，遇見了我的新朋友。他非常的快樂，乾淨，活潑，有禮貌，我不由的十分喜愛他。他的名字叫貓拉夫司基。我知道這決不是貓國的通行名字，一定是個外國字。我深怕他跟我說一大串帶「夫司基」字尾的字，所以我開門見山的對他說明我是要參觀古物，求他指導一下。我想，他決不會把古物也都「夫司基」了；他不「夫司基」，我便有辦法。

「請，請，往這邊請。」貓拉夫司基非常的快活，客氣。

我們進了一間空屋子，他說：

「這是一萬年前的石器保存室，按照最新式的方法排列，請看吧。」

我向四圍打量了一眼，什麼也沒有。「又來得邪！」我心裡說。還沒等發問，他向牆上指了一指，說：

「這是一萬年前的一座石罐，上面刻著一種外國字，價值三百萬國魂。」

噢，我看明白了，牆上原來刻著一行小字，大概那個價值三百萬的石罐在那裡陳列過。

「這是一萬零一年的一個石斧，價值二十萬國魂。這是一萬零二年的一套石碗，價值一百五十萬。這是……三十萬。這是……四十萬。」

別的不說，我真佩服他把古物的價值能記得這麼爛熟。

又進了一間空屋子，他依然很客氣慇勤的說：

「這是一萬五千年前的書籍保存室，世界上最古的書籍，按照最新式的編列法陳列。」

他背了一套書名和價值；除了牆上有幾個小黑蟲，我是什麼也沒看見。

一氣看了十間空屋子，我的忍力叫貓拉夫司基給耗乾了，可是我剛要向他道謝告別，到外面吸點空氣去，他把我又領到一間屋子，屋子外面站著二十多個人，手裡全拿著木棍！裡面確是有東西，謝天謝地，我幸而沒走，十間空的，一間實的，也就算不虛此行。

「先生來得真湊巧，過兩天來，可就看不見這點東西了。」貓拉夫司基十二分慇勤客氣的說：「這是一萬二千年前的一些陶器，按照最新式的排列方法陳列。一萬二千年前，我們的陶器是世界上最精美的，後來，自從八千年前吧，我們的陶業斷絕了，直到如今，沒有人會造。」

「為什麼呢？」我問。

「呀呀夫司基。」

什麼意思，呀呀夫司基？沒等我問，他繼續的說：「這些陶器是世界上最值錢的東西，現在已經賣給外國。一共賣了三千萬萬國魂，價錢並不算高，要不是政府急於出售，大概至少可以賣到五千萬萬。前者我們賣了些不到一萬年的石器，還賣到兩千萬萬，這次的協定總算個失敗。政府的失敗還算小事，我們辦事的少得一些回扣是值得注意的。我們指著什麼吃飯？薪水已經幾年不發了，不仗著出賣古物得些回扣，難道叫我們天天喝風？自然古物出賣的回扣是很大的，可是看管古物的全是新式的學者，我們的日常花費要比舊學者高上多少倍，我們用的東西都來自外國，我們買一件東西都夠老讀書的人們花許多日子的，這確是一個問題！」貓拉夫司基的永遠快樂的臉居然帶出些悲苦的樣子。

為什麼將陶業斷絕？呀呀夫司基！出賣古物？學者可以得些回扣。我對於新學者的希望連半點也不能存留了。我沒心再細問，我簡直不屑於再與他說話了。我只覺得應當抱著那些古物痛哭一場。不必再問了，政府是以出賣古物為財政來源之一，新學者是只管拿回扣，和報告賣出的古物價值，這還有什麼可問的。但是，我還是問了一句：「假如這些東西也賣空了，大家再也拿不到回扣，又怎辦呢？」

「呀呀夫司基！」

我明白了，呀呀夫司基比小蠍的「敷衍」又多著一萬多分的敷衍。我恨貓拉夫司基，更恨他的呀呀夫司基。

吃慣了迷葉是不善於動氣的，我居然沒打貓拉夫司基兩個嘴巴子。我似乎想開了，一個中國人何苦替貓人的事動氣呢。我看清了：貓國的新學者只是到過外國，看了些，或是聽了些，最新的排列方法。他們根本沒有絲毫判斷力，根本不懂哪是好，哪是壞，只憑聽來的一點新排列方法來混飯吃。陶業絕斷了是多麼可惜的事，只值得個呀呀夫司基！出售古物是多麼痛心的事，還是個呀呀夫司基！沒有骨氣，沒有判斷力，沒有人格，他們只是在外國去了一遭，而後自號為學者，以便舒舒服服的呀呀夫司基！

我並沒向貓拉夫司基打個招呼便跑了出來。我好像聽見那些空屋子裡都有些嗚咽的聲音，好像看見一些鬼影都掩面而泣。設若我是那些古物，假如古物是有魂靈的東西，我必定把那出賣我的和那些新學者全弄得七竅流血而亡！

到了街上，我的心平靜了些。在這種黑暗社會中，把古物賣給外國未必不是古物的福氣。偷盜，毀壞，是貓人最慣於作的事，與其叫他們自己把歷史上寶物給毀壞了，一定不如拿到外國去保存著。不過，這只是對古物而言，而決不能拿來原諒貓拉夫司基。出賣古物自然不是他一個人的主意，但是他那點覥不為恥的態度是無可原諒的。他似乎根本不曉得什麼叫作恥辱。歷史的驕傲，據我看，是人類最難消滅的一點根性。可是貓國青年們竟自會絲毫不動感情的斷送自家歷史上的寶貝，況且貓拉夫司基還是個學者，學者這樣，不識字的人們該當怎樣呢。我對貓國復興的希望算是連根爛的一點也沒有了。努力過度有時候也足以使個人或國家死亡，但是我不能不欽佩因努力而吐血身亡的。貓拉夫司基們只懂得呀呀夫司基，無望！

無心再去會別個新學者了。也不願再看別的文化機關。多見一個人多減去我對「理想的人」的一分希望，多看一個機關多使我落幾點淚，何苦呢！小蠍是可佩服的，他不領著我來看，也不事先給我說明，他先叫我自己看，這是有言外之意的。

路過一個圖書館，我不想進去看，恐怕又中了空城計。從裏邊走出一群學生來，當然是閱書的了，又引起我的參觀欲。圖書館的建築很不錯，雖然看著像年久失修的樣子，可是並沒有塌倒的地方。

一進大門，牆上有幾個好似剛寫好的白字：「圖書館革命。」圖書館向誰革命呢?我是個不十分聰明的人，不能立刻猜透。往裡走了兩步，只顧看牆上的字，冷不防我的腿被人抱住了，「救命!」地上有人喊了一聲。

地上躺著十來個人呢，抱住我的腿的那位是，我認出來，新學者之一。他們的手腳都捆著呢。我把他們全放開，大家全像放生的魚一氣兒跑出多遠去，只剩下那位新學者。

「怎麼回事?」我問。

「又革命了!這回是圖書館革命!」他很驚惶的說。

「圖書館革了誰的命?」

「人家革了圖書館的命!先生請看。」他指了指他的腿部。

噢，他原來穿上了一條短褲子。但是穿上褲子與圖書館革命有什麼關係呢?

「先生不是穿褲子嗎?我們幾個學者是以介紹外國學問道德風俗為職志的，所以我們也開始穿褲子。」他說，「這是一種革命事業。」

「革命事業沒有這麼容易的!」我心裡說。

「我穿上褲子，可糟了，隔壁的大學學生見我這革命行為，全找了我來，叫我給他們每人一條褲子。我是圖書館館長，我賣出去的書向來是要分給學生們一點錢的，因為學生很有些位信仰『大家夫司基主義』的。我不能不賣書，不賣書便沒法活著，賣書不能不分給他們一點錢，大家夫司基的信仰者是很會殺人的。可是，大家夫司基慣了，今天他們看見我穿上褲子，也要大家夫司基，我哪有錢給大家都作褲子，於是他們反革命起來；我穿褲子是革命事業，他們穿不上褲子又來革我的命，於是把我們全綁起來，把我那一點積蓄全搶了去！」

「他們倒沒搶圖書？」我不大關心個人的得失，我要看的是圖書館。

「不能搶去什麼，圖書在十五年前就賣完了，我們現在專作整理的工作。」

「沒書還整理什麼呢？」

「整理房屋，預備革命一下，把圖書室改成一座旅館，名稱上還叫圖書館，實際上可以租出去收點租，本來此地已經駐過許多次兵，別人住自然比兵們要規矩一點的。」

我真佩服了貓人，因為佩服他們，我不敢再往下聽了；恐怕由佩服而改為罵街了。

二十一　大家夫司基

夜間又下了大雨。貓城的雨似乎沒有詩意的刺動力。任憑我怎樣的鎮定，也擺脫不開一種焦躁不安之感。牆倒屋塌的聲音一陣接著一陣，全城好像遇風的海船，沒有一處，沒有一刻，不在顫戰驚恐中。毀滅才是容易的事呢，我想，只要多下幾天大雨就夠了。我決不是希望這不人道的事實現，我是替貓人們難過，著急。他們都是為什麼活著呢？他們到底是怎麼活著呢？我還是弄不清楚；我只覺得他們的歷史上有些極荒唐的錯誤，現在的人們正在為歷史的罪過受懲罰，假如這不是個過於空洞與玄幻的想法。

「大家夫司基」，我又想起這個字來，反正是睡不著，便醒著作夢玩玩吧。不管這個字，正如旁的許多外國字，有什麼意思，反正貓人是受了字的害處不淺，我想。

學生們有許多信仰大家夫司基的，我又想起這句話。我要打算明白貓國的一切，我非先明白一些政治情形不可了。我從地球上各國的歷史上看清楚：學生永遠是政治思想的發酵力；學生，只有學生的心感是最敏銳的；可是，也只有學生的熱烈是最浮淺的，假如心感的敏銳只限於接收幾個新奇的字眼。假如貓學生真是這樣，我只好對貓國的將來閉上眼！只責備學生，我知道，是不公平的，但是我不能不因期望他們而顯出責備他們的意思。我必須看看政治了。差不多我一夜沒能睡好，因為急於起去找小蠍，他雖然說他不懂政治，但是他必定能告訴我一些歷史上的事實；沒有這些事實我是無從明白目前的狀況的，因為我在此地的日子太淺。

我起來的很早，為是捉住小蠍。

「告訴我，什麼是大家夫司基？」我好像中了迷。

「那便是人人為人人活著的一種政治主義。」小蠍吃著迷葉說，「在這種政治主義之下，人人工作，人人快活，人人安全，社會是個大機器，人人是這個大機器的一個工作者，快樂的安全的工作著的小釘子或小齒輪。的確不壞！」

「火星上有施行這樣主義的國家？」

「有的是，行過二百多年了。」

「貴國呢？」

小蠍翻了翻白眼，我的心跳起來了。待了好大半天，他說：「我們也鬧過，鬧過，記清楚了；我們向來不『實行』任何主義。」

「為什麼『鬧過』呢？」

「假如你家中的小孩子淘氣，你打了他幾下，被我知道了，我便也打我的小孩子一頓，不是因他淘氣，是因為你打了孩子所以我也得去打；這對於家務便叫作鬧過，對政治也是如此。」

「你似乎是說，你們永遠不自己對自己的事想自己的辦法，而是永遠聽見風便是雨的隨著別人的意見鬧？你們永遠不自己蓋房子，打個比喻說，而是老租房子住？」

「或者應當說，本來無須穿褲子，而一定要穿，因為看見別人穿著，然後，不自己按著腿的尺寸去裁縫，而只去買條舊褲子。」

「告訴我些個過去的事實吧！」我說，「就是鬧過的也好，鬧過的也至少引起些變動，是不是？」

「變動可不就是改善與進步。」

小蠍這傢伙確是厲害！我微笑了笑，等著他說。他思索了半天：「從哪裡說起呢?!火星上一共有二十多國，一國有一國的政治特色與改革。我們偶爾有個人聽說某國政治的特色是怎樣，於是大家鬧起來。又忽然聽到某國政治上有了改革，大家又急忙鬧起來。結果，人家的特色還是人家的，人家的改革是真改革了，我們還是我們；假如你一定要知道我們的特色，越鬧越糟便是我們的特色。」

「還是告訴我點事實吧，哪怕極沒系統呢。」我要求他。

「先說哄吧。」

「哄？什麼東西？」

「這和褲子一樣的不是我們原有的東西。我不知道你們地球上可有這種東西，不，不是東西，是種政治團體組織——大家聯合到一塊擁護某種政治主張與政策。」

「有的，我們的名字是政黨。」

「好吧，政黨也罷，別的名字也罷，反正到了我們這裡改稱為哄。你看，我們自古以來總是皇上管著大家的，人民是不得出聲的。忽然由外國來了一種消息，說：人民也可以管政事；於是大家怎想怎不能逃出這個結論——這不是起鬨嗎？再說，我們自古以來是拿潔身自好作道德標準的，忽然聽說許多人可以組成個黨，或是會，於是大家怎翻古書怎找不到個適當的字；只有哄字還有點意思：大家到一處為什麼？為是哄。於是我們便開始哄。我告訴過你，我不懂政治；自從哄起來以後，政治——假如你能承認哄也算政治——的變動可多了，我不能詳細的說；我只能告訴你些事實，而且是粗枝大葉的。」

「說吧，粗枝大葉的說便好。」我唯恐他不往下說了。

「第一次的政治的改革大概是要求皇上允許人民參政，皇上自然是不肯了，於是參政哄的人們聯合了許多軍人加入這個運動，皇上一看風頭不順，就把參政哄的重要人物封了官。哄人作了官自然就要專心作官了，把哄的事務忘得一乾二淨。恰巧又有些人聽說皇上是根本可以不要的，於是大家又起鬨，非趕跑皇上不可。這個哄叫作民政哄。皇上也看出來了，打算尋個心靜，非用以哄攻哄的辦法不可了，於是他自己也組織了一個哄，哄員每月由皇上手裡領一千國魂。民政哄的人們一看紅了眼，立刻屁滾尿流的向皇上投誠，而皇上只允許給他們每月一百國魂。幾乎破裂了，要不是皇上最後給添到一百零三個國魂。這些人們能每月白拿錢，引起別人的注意，於是一人一哄，兩人一哄，十人一哄，哄的名字可就多多了。」

「原諒我問一句，這些哄裡有真正的平民在內沒有？」

「我正要告訴你。平民怎能在內呢，他們沒受過教育，沒知識，沒腦子，他們乾等著受騙，什麼辦法也沒有。不論哪一哄起來的時候，都是一口一個為國為民。得了官作呢，便由皇上給錢，皇上的錢自然出自人民身上。得不到官作呢，拚命的哄，先是騙人民供給錢，及至人民不受騙了，便聯合軍人去給人民上腦箍。哄越多人民越苦，國家越窮。」

我又插了嘴：「難道哄裡就沒有好人？就沒有一個真是為國為民的？」

「當然有！可是你要知道，好人也得吃飯，革命也還要戀愛。吃飯和戀愛必需錢，於是由革命改為設法得錢，得到錢，有了飯吃，有了老婆，只好給錢作奴隸，永遠不得翻身，革命，政治，國家，人民，拋到九霄雲外。」

「那麼，有職業，有飯吃的人全不作政治運動？」我問。

「平民不能革命，因為不懂，什麼也不懂。有錢的人，即使很有知識，不能革命，因為不敢；他只要一動，皇上或軍人或哄員便沒收他的財產。他老實的忍著呢，或是捐個小官呢，還能保存得住一些財產，雖然不能全部的落住；他要是一動，連根爛。只有到過外國的，學校讀書的，流氓，地痞，識幾個字的軍人，才能幹政治，因為他們進有所得，退無一失，哄便有飯吃，不哄便沒有飯吃，所以革命在敝國成了一種職業。

「因此，哄了這麼些年，結果只有兩個顯明的現象：第一，政治只有變動，沒有改革。這樣，民主思想越發達，民眾越貧苦。第二，政哄越多，青年們越浮淺。大家都看政治，不管學識，即使有救國的真心，而且拿到政權，也是事到臨頭白瞪眼！沒有應付的能力與知識。

「這麼一來，老人們可得了意，老人們一樣沒有知識，可是處世的壞主意比青年們多的多。青年們既沒真知識，而想運用政治，他們非求老人們給出壞主意不可，所以革命自管革命，真正掌權的還是那群老狐狸。青年自己既空洞，而老人們的主意又極奸狡，於是大家以為政治便是人與人間的敷衍，敷衍得好便萬事如意，敷衍得不好便要塌台。所以現在學校的學生不要讀書，只要多記幾個新字眼，多學一點壞主意，便自詡為政治的天才。」

我容小蠍休息了一會兒：「還沒說大家夫司基呢？」

「哄越多人民越窮，因為大家只管哄，而沒管經濟的問題。末後，來了大家夫司基——是由人民做起，是由經濟的問題上做起。革命了若干年，皇上始終沒倒，什麼哄上來，皇上便宣言他完全相信這一哄的主張，而且願作這一哄的領袖；暗中遞過點錢去，也就真做了這一哄的領袖，所以有位詩人曾讚揚我們的皇上為『萬哄之主』。

「只有大家夫司基來到，居然殺了一位皇上。皇上被殺，政權真的由哄——大家夫司基哄——操持了；殺人不少，因為這一哄是要根本剷除了別人，只留下真正農民與工人。殺人自然算不了怪事，貓國向來是隨便殺人的。假如把不相干的人都殺了，而真的只留下農民與工人，也未必不是個辦法。

「不過，貓人到底是貓人，他們殺人的時候偏要弄出些花樣，給錢的不殺，有人代為求情的不殺，於是該殺的沒殺，不該殺的倒喪了命。該殺的沒殺，他們便混進哄中去出壞主意，結果是天天殺人，而一點沒伸明瞭正義。還有呢，大家夫司基主義是給人人以適當的工作，而享受著同等的酬報。這樣主義的施行，第一是要改造經濟制度，第二是由教育培養人人為人人活著的信仰。可是我們的大家夫司基哄的哄員根本不懂經濟問題，更不知道怎麼創設一種新教育。人是殺了，大家白瞪了眼。他們打算由農民與工人作起，可是他們一點不懂什麼是農，哪叫作工。給地畝平均分了一次，大家拿過去種了點迷樹；在迷樹長成之前，大家只好餓著。工人呢，甘心願意工作，可是沒有工可作。還得殺人，大家以為殺剩了少數的人，事情就好辦了；這就好像是說，皮膚上發癢，把皮剝了去便好了。這便是大家夫司基的經過；正如別種由外國來的政治主義，在別國是對病下藥的良策，到我們這裡便變成自己找罪受。

「我們自己永遠不思想，永遠不看問題，所以我們只受革命應有的災害，而一點得不到好處。人家革命是為施行一種新主張，新計劃；我們革命只是為哄，因為根本沒有知識；因為沒有知識，所以必須由對事改為對人；因為是對人，所以大家都忘了作革命事業應有的高尚人格，而只是大家彼此攻擊和施用最卑劣的手段。

「因此，大家夫司基了幾年，除了殺人，只是大家瞪眼；結果，大家夫司基哄的首領又作了皇上。由大家夫司基而皇上，顯著多麼接不上碴，多麼像個噩夢！可是在我們看，這不足為奇，大家本來不懂什麼是政治，大家夫司基沒有走通，也只好請出皇上；有皇上到底是省得大家分心。到如今，我們還有皇上，皇上還是『萬哄之主』，大家夫司基也在這萬哄之內。」

小蠍落了淚！

二十二 貓人到底是人

即使小蠍說的都正確，那到底不是個建設的批評；太悲觀有什麼好處呢。自然我是來自太平快樂的中國，所以我總以為貓國還有希望；沒病的人是不易瞭解病夫之所以那樣悲觀的。不過，希望是人類應有的——簡直的可以說是人類應有的一種義務。沒有希望是自棄的表示，希望是努力的母親。我不信貓人們如果把貓力量集合在一處，而會產不出任何成績的。有許多許多原因限制著貓國的發展，阻礙著政治入正軌，據我看到的聽到的，我深知他們的難處不少，但是貓人到底是人，人是能勝過一切困難的動物。

我決定去找大蠍，請他給介紹幾個政治家；假如我能見到幾位頭腦清楚的人，我也許得到一些比小蠍的議論與批評更切實更有益處的意見。我本應當先去看民眾，但是他們那樣的怕外國人，我差不多想不出方法與他們接近。沒有懂事的人民，政治自然不易清明；可是反過來說，有這樣的人民，政治的運用是更容易一些，假如有真正的政治家肯為國為民的去幹。我還是先去找我的理想的英雄吧，雖然我是向來不喜捧英雄的腳的。

恰巧趕上大蠍請客，有我；他既是重要人物之一，請的客人自然一定有政治家了，這是我的好機會。我有些日子不到街的這邊來了。街上依然是那麼熱鬧，有螞蟻的忙亂而沒有螞蟻的勤苦。我不知道這個破城有什麼吸引力，使人們這樣貪戀它；也許是，我繼而一想，農村已然完全崩潰，城裡至少總比鄉下好。只有一樣比從前好了，街上已不那麼臭了；因為近來時常下雨，老天替他們作了清潔運動。

大蠍沒在家，雖然我是按著約定的時間來到的。招待我的是前者在迷林給我送飯的那個人，多少總算熟人，所以他告訴了我：「要是約定正午呀，你就晚上來；要是晚上，就天亮來；有時過兩天來也行；這是我們的規矩。」我很感謝他的指導，並且和他打聽請的客都是什麼人，我心中計劃著：設若客人們中沒有我所希望見的，我便不再來了。「客人都是重要人物，」他說，「不然也不能請上外國人。」好了，我一定得回來，但是上哪裡消磨這幾點鐘的時光呢？忽然我想起個主意：袋中還有幾個國魂，掏出來贈給我的舊僕人。自然其餘的事就好辦了。我就在屋頂上等著，和他討教一些事情。貓人的嘴是以國魂作鑰匙的。

城裡這麼些人都拿什麼作生計呢？這是我的第一個問題。

「這些人？」他指著街上那個人海說，「都什麼也不幹。」

來得邪，我心裡說；然後問他：「那麼怎樣吃飯呢？」

「不吃飯，吃迷葉。」

「迷葉從哪兒來呢？」

「一人作官，眾人吃迷葉。這些人全是官們的親戚朋友。作大官的種迷葉，賣迷葉，還留些迷葉分給親戚朋友。作小官的買迷葉，自己吃，也分給親戚朋友吃。不作官的呢，等著迷葉。」

「作官的自然是很多了？」我問。

「除了閒著的都是作官的。我，我也是官。」他微微的笑了笑。這一笑也許是對我輕視他——我揭過他一小塊頭皮——的一種報復。

「作官的都有錢？」

「有。皇上給的。」

「大家不種地，不作工，沒有出產，皇上怎麼能有錢呢？」

「賣寶物，賣土地，你們外國人愛買我們的寶物與土地，不愁沒有錢來。」

「是的，古物院，圖書館……前後合上碴了。」

「你，拿你自己說，不以為賣寶物，賣土地，是不好的事？」

「反正有錢來就好。」

「合算著你們根本沒有什麼經濟問題？」

這個問題似乎太深了一些，他半天才回答出：「當年鬧過經濟問題，現在已沒人再談那個了。」

「當年大家也種地，也工作，是不是？」

「對了。現在鄉下已差不多空了，城裡的人要買東西，有外國人賣，用不著我們種地與作工，所以大家全閒著。」

「那麼，為什麼還有人作官？作官總不能閒著呀？作官與不作官總有迷葉吃，何苦去受累作官呢？」

「作官多來錢，除了吃迷葉，還可以多買外國的東西，多討幾個老婆。不作官的不過只分些迷葉吃罷了。再說，作官並不累，官多事少，想作事也沒事可作。」

「請問，那死去的公使太太怎麼能不吃迷葉呢，既是沒有別的東西可吃？」

「要吃飯也行啊，不過是貴得很，肉，菜，全得買外國的。在迷林的時候，你非吃飯不可，那真花了我們主人不少的錢。公使太太是個怪女人，她要是吃迷葉，自有人供給她；吃飯，沒人供給得起；她只好帶著那八個小妖精去掘野草野菜吃。」

「肉呢？」

「肉可沒地方去找，除非有錢買外國的。在人們還一半吃飯，一半吃迷葉的時候——這是多少年前的事了——人們已把一切動物吃盡，飛的走的一概不留；現在你可看見過一個飛禽或走獸？」

我想了半天，確是沒見過動物：「啊，白尾鷹，我見過！」

「是的，只剩下牠們了，因為牠們的肉有毒，不然，也早絕種了。」

你們這群東西也快……我心裡說。我不必往下問了。螞蟻蜜蜂是有需要的，可是並沒有經濟問題。雖然牠們沒有問題，可是大家本能的操作，這比貓人強的多。貓人已無政治經濟可言，可是還免不了紛爭搗亂，我不知道哪位上帝造了這麼群劣貨，既沒有蜂蟻那樣的本能，又沒有人類的智慧，造他們的上帝大概是有意開玩笑。有學校而沒教育，有政客而沒政治，有人而沒人格，有臉而沒羞恥，這個玩笑未免開得太過了。

但是，無論怎說，我非看看那些要人不可了。我算是給貓人想不出高明主意來了，看他們的要人有方法沒有吧。問題看著好似極簡單：把迷葉平均的分一分，成為一種迷葉大家夫司基主義，也就行了。但這正是走入絕地的方法。他們必須往回走，禁止迷葉，恢復農工，然後才能避免同歸於盡。但是，誰能擔得起這個重任？他們非由蚊蟲蒼蠅的生活法改為人的不可——這一跳要費多大力氣，要有多大的毅力與決心！我幾乎與小蠍一樣的悲觀了。

大蠍回來了。他比在迷林的時候瘦了許多，可是更顯著陰險狡詐。對他，我是毫不客氣的，見面就問：「為什麼請客呢？」

「沒事，沒事，大家談一談。」

這一定是有事，我看出來。我要問他的問題很多，可是我不知道怎麼這樣的討厭他，見了他我得少說一句便少說一句了。

客人繼續的來了。這些人是我向來沒看見過的。他們和普通的貓人一點也不同了。一見著我，全說：老朋友，老朋友。我不客氣的聲明，我是從地球上來的，這自然是表示「老朋友」的不適當；可是他們似乎把言語中的苦味當作甜的，依然是：老朋友，老朋友。

來了十幾位客人。我的運氣不錯，他們全是政客。

十幾位中，據我的觀察，可以分為三派：第一派是大蠍派，把「老朋友」說得極自然，可是稍微帶著點不得不這麼說的神氣；這派都是年紀大些的，我想起小蠍所說的老狐狸。第二派的人年歲小一些，對外國人特別親熱有禮貌，臉上老是笑著，而笑得那麼空洞，一看便看出他們的驕傲全在剛學會了老狐狸的一些壞招數，而還沒能成精作怪。第三派的歲數最小，把「老朋友」說得極不自然，好像還有點羞澀的樣子。大蠍特別的介紹這第三派：「這幾位老朋友是剛從那邊過來的。」我不大明白他的意思。可是不好意思細問。過了一會兒，我醒悟過來，所謂「那邊」者是學校，這幾位必定是剛入政界的新手。我倒要看看這幾位剛由那邊來的怎樣和這些老狐狸打交道。

赴宴，這是，對我頭一遭。客人到齊，先吃迷葉，這是我預想得到的。迷葉吃過，我預備好看新花樣了。果然來了。大蠍發了話：「為歡迎新由那邊過來的朋友，今天須由他們點選妓女。」

剛從那邊過來的幾位，又是笑，又是擠眼，又是羞澀，又是驕傲，都嘟囔著大家夫司基，大家夫司基，大家夫司基。我的心好似我的愛人要死那麼痛。這就是他們的大家夫司基！在那邊的時候是一嘴的新主張與夫司基，剛到，剛到這邊便大家夫司基妓女！完了，什麼也不說了，我只好看著吧！

妓女到了，大家重新又吃迷葉。吃過迷葉，青年的政客臉上在灰毛下都透過來一些粉紅色，偷眼看著大蠍。大蠍笑了。「諸位隨便吧，」他說，「請，隨便，不客氣。」他們攙著妓女的手都走到下層去，不用說，大蠍已經給他們預備好行樂的地方。

他們下去，大蠍向老年中年的政客笑了笑。他說：「好了，他們不在眼前，我們該談正經事了。」

「我算是猜對了，請客一定是有事。」

「諸位都已經聽說了？」大蠍問。

老年的人沒有任何表示，眼睛好像省察著自己的內心。中年的有一位剛要點頭，一看別人，趕快改為揚頭看天。

我哈哈的笑起來。

大家更嚴重了，可是嚴重的笑起來，意思是陪著我笑——我是外國人。待了好久，到底還是一位中年的說：「聽見了一點，不知道，絕對不知道，是否可靠。」

「可靠！我的兵已敗下來了！」大蠍確是顯著關切，或者因為是他自己的兵敗下來了。

大家又不出聲了。呆了許久，大家連出氣都緩著勁，好像唯恐傷了鼻鬚。

「諸位，還是點幾個妓女陪陪吧？」大蠍提議。

大家全活過來了：「好的，好的！沒女人沒良策，請！」

又來了一群妓女，大家非常的快活。

太陽快落了，誰也始終沒提一個關於政治的事。

「謝謝，謝謝，明天再會！」大家全攜著妓女走去。

那幾位青年也由下面爬上來，臉色已不微紅，而稍帶著灰綠。他們連聲

「謝謝」也沒說，只嘟囔著大家夫司基。

我想：他們必是發生了內戰，大蠍的兵敗了，請求大家幫忙，而他們不願管。假如我猜的不錯，沒人幫助大蠍也未必不是件好事。可是大蠍的神氣很透著急切，我臨走問了他一句：「你的兵怎麼敗下來了？」

「外國打進來了！」

二十三　生命是多麼曲折的東西

太陽還沒完全落下去，街上已經連個鬼也沒有了。可是牆上已寫好了大白字：「徹底抵抗！」「救國便是救自己！」「打倒吞併夫司基！」……我的頭暈得像個轉歡了的黃牛！

在這活的死城裡，我覺得空氣非常的稀少，雖然路上只有我一個人。「外國打進來了！」還在我的耳中響著，好似報死的哀鐘。為什麼呢？不曉得。大蠍顯然是嚇昏了，不然他為什麼不對我詳細的說呢。可是，嚇昏了還沒忘記了應酬，還沒忘記了召妓女，這便不是我所能瞭解的了。至於那一群政客，外國打進來，而能高興的玩妓女，對國事一字不提，更使我沒法明白貓人的心到底是怎樣長著的了。

我只好去找小蠍，他是唯一的明白人，雖然我不喜歡他那悲觀的態度！可是，我能還怨他悲觀嗎，在看見這些政客以後？

太陽已落了，一片極美的明霞在餘光裡染紅了半天。下面一線薄霧，映出地上的慘寂，更顯出天上的光榮。微風吹著我的胸與背，連聲犬吠也聽不到，原始的世界大概也比這裡熱鬧一些吧，雖然這是座大城！我的眼淚整串的往下流了。到了小蠍的住處。進到我的屋中，在黑影中坐著一個人，雖然我看不清他是誰，但是我看得出他不是小蠍，他的身量比小蠍高著許多。

「誰？」他高聲的問了聲。由他的聲音我斷定了，他不是個平常的貓人，平常的貓人就沒有敢這樣理直氣壯的發問的。

「我是地球上來的那個人。」我回答。

「噢，地球先生，坐下！」他的口氣有點命令式的，可是爽直使人不至於難堪。

「你是誰？」我也不客氣的問，坐在他的旁邊。因為離他很近，我可以看出他不但身量高，而且是很寬。臉上的毛特別的長，似乎把耳鼻口等都遮住，只在這團毛中露著兩個極亮的眼睛，像鳥巢裡的兩個發亮的卵。

「我是大鷹，」他說，「人們叫我大鷹，並不是我的真名字。大鷹？因為人們怕我，所以送給我這個名號。好人，在我們的國內，是可怕的，可惡的，因此——大鷹！」

我看了看天上，黑上來了，只有一片紅雲，像朵孤獨的大花，恰好在大鷹的頭上。我呆了，想不起問什麼好，只看著那朵孤雲，心中想著剛才那片光榮的晚霞。

「白天我不敢出來，所以我晚上來找小蠍。」他自動的說。

「為什麼白天不？」我似乎只聽見那前半句，就這麼重了一下。

「沒有一個人，除了小蠍，不是我的敵人，我為什麼白天出來找不自在呢？我並不住在城裡，我住在山上，昨天走了一夜，今天藏了一天，現在才到了城裡。你有吃食沒有？已經餓了一整天。」

「我只有迷葉。」

「不，餓死也好，迷葉是不能動的！」他說。

有骨氣的貓人，這是在我經驗中的第一位。我喊迷，想叫她設法。迷在家呢，但是不肯過來。

「不必了，她們女人也全怕我。餓一兩天不算什麼，死已在目前，還怕餓？」

「外國打進來了？」我想起這句話。

「是的，所以我來找小蠍。」他的眼更亮了。

「小蠍太悲觀，太浪漫。」我本不應當這樣批評我的好友，可是爽直可以掩過我的罪過。

「因他聰明，所以悲觀。第二樣，太什麼？不懂你的意思。不論怎麼著吧，設若我要找個與我一同死去的，我只能找他。悲觀人是怕活著，不怕去死。我們的人民全很快樂的活著，餓成兩張皮也還快樂，因為他們天生來的不會悲觀，或者說天生來的沒有腦子。只有小蠍會悲觀，所以他是第二個好人，假如我是第一個。」

「你也悲觀？」我雖然以為他太驕傲，可是我不敢懷疑他的智慧。

「我？不！因為不悲觀，所以大家怕我恨我；假如能和小蠍學，我還不至被趕入山裡去。小蠍與我的差別只在這一點上。他厭惡這些沒腦子沒人格的人，可是不敢十分得罪他們。我不厭惡他們，而想把他們的腦子打明白過來，叫他們知道他們還不大像人，所以得罪了他們。真遇到大危險了，小蠍是與我一樣不怕死的。」

「你先前也是作政治的？」我問。

「是。先從我個人的行為說起：我反對吃迷葉，反對玩妓女，反對多娶老婆。我也勸人不吃迷葉，不玩妓女，不多娶老婆。這樣，新人舊人全叫我得罪盡了。你要知道，地球先生，凡是一個願自己多受些苦，或求些學問的，在我們的人民看，便是假冒偽善。我自己走路，不叫七個人抬著我走，好，他們決不看你的甘心受苦，更不要說和你學一學，他們會很巧妙的給你加上『假冒偽善』！作政客的口口聲聲是經濟這個，政治那個；作學生的是口口聲聲這個主義，那個夫司基；及至你一考問他們，他們全白瞪眼；及至你自己真用心去研究，得，假冒偽善。

「平民呢，你要給他一個國魂，他笑一笑；你要說，少吃迷葉，他瞪你一眼，說你假冒偽善。上自皇上，下至平民，都承認作壞事是人生大道，作好事與受苦是假冒偽善，所以人人想殺了我，以除去他們所謂的假冒偽善。在政治上，我以為無論哪個政治主張，必須由經濟問題入手，無論哪種政治改革，必須具有改革的真誠。可是我們的政治家就沒有一個懂得經濟問題的，就沒有一個真誠的，他們始終以政治為一種把戲，你要我一下，我擠你一下。於是人人談政治，而始終沒有政治，人人談經濟，而農工已完全破產。

「在這種情形之下，有一個人，像我自己，打算以知識及人格為作政治的基礎——假冒偽善！不加我以假冒偽善的罪狀，他們便須承認他們自己不對，承認自己不對是建設的批評，沒人懂。在許多年前，政治的頹敗是經濟制度不良的結果；現在，已無經濟問題可言，打算恢復貓國的尊榮，應以人格為主；可是，人格一旦失去，想再恢復，比使死人復活的希望一樣的微小。

「在最近的幾十年中，我們的政治變動太多了，變動一次，人格的價值低落一次，壞的必得勝，所以現在都希望得最後的勝利，那就是說，看誰最壞。我來談人格，這個字剛一出口便招人唾我一臉吐沫。主義在外國全是好的，到了我們手裡全變成壞的，無知與無人格使天糧變成迷葉！可是，我還是不悲觀，我的良心比我，比太陽，比一切，都大！我不自殺，我不怕反對，遇上有我能盡力的地方，我還是幹一下。明知無益，可是我的良心，剛才說過，比我的生命大得多。」

大鷹不言語了，我只聽著他的粗聲喘氣。我不是英雄崇拜者，可是我不能不欽佩他；他是個被萬人唾罵的，這樣的人不是立在浮淺的崇拜心理上的英雄，而是個替一切貓人雪恥的犧牲者，他是個教主。

小蠍回來了。他向來沒這麼晚回來過，這一定是有特別的事故。

「我來了！」大鷹立起來，撲過小蠍去。

「來得好！」小蠍抱住大鷹。二人痛哭起來。

我知道事情是極嚴重了，雖然我不明白其中的底細。

「但是，」小蠍說，他似乎知道大鷹已經明白一切，所以從半中腰裡說起：「你來並沒有多少用處。」

「我知道，不但沒用，反有礙於你的工作，但是我不能不來；死的機會到了。」大鷹說。兩個人都坐下了。

「你怎麼死？」小蠍問。

「死在戰場的虛榮，我只好讓給你。我願不光榮的死，可是死得並非全無作用。你已有了多少人？」

「不多。父親的兵，沒打全退下來了。別人的兵也預備退。只有大蠅的人或者可以聽我調遣；可是，他們如果聽到你在這裡，這『或者』便無望了。」

「我知道，」大鷹極鎮靜的說，「你能不能把你父親的兵拿過來？」

「沒有多少希望。」

「假如你殺一兩個軍官，示威一下呢？」

「我父親的軍權並沒交給我。」

「假如你造些謠，說：我有許多兵，而不受你的調遣——」

「那可以，雖然你沒有一個兵，可是我說你有十萬人，也有人相信。還怎樣？」

「殺了我，把我的頭懸在街上，給不受你調遣的兵將下個警告，怎樣？」

「方法不錯，只是我還得造謠，說我父親已經把軍權讓給我。」

「也只好造謠，敵人已經快到了，能多得一個兵便多得一個。好吧，朋友，我去自盡吧，省得你不好下手殺我。」大鷹抱住了小蠍，可是誰也沒哭。

「等等！」我的聲音已經岔了，「等等！你們二位這樣作，究竟有什麼好處呢？」

「沒有好處。」大鷹還是非常鎮靜，「一點好處也沒有。敵人的兵多，器械好，出我們全國的力量也未必戰勝。可是，萬一我們倆的工作有些影響呢，也許就是貓國的一大轉機。敵人是已經料到，我們決不敢，也不肯，抵抗；我們倆，假如沒有別的好處，至少給敵人這種輕視我們一些懲戒。假如沒人響應我們呢，那就很簡單了：貓國該亡，我們倆該死，無所謂犧牲，無所謂光榮，活著沒作亡國的事，死了免作亡國奴，良心是大於生命的，如是而已。再見，地球先生。」

「大鷹，」小蠍叫住他，「四十片迷葉可以死得舒服些。」

「也好，」大鷹笑了，「活著為不吃迷葉，被人指為假冒偽善；死時為吃迷葉，好為人們證實我是假冒偽善，生命是多麼曲折的東西！好吧，叫迷拿迷葉來。我也不用到外邊去了，你們看著我斷氣吧。死時有朋友在面前到底覺得多些人味。」

迷把迷葉拿來，轉身就走了。

大鷹一片一片的嚼食，似乎不願再說什麼。

「你的兒子呢？」小蠍問，問完似乎又後悔了，「噢，我不應當問這個！」

「沒關係，」大鷹低聲的說，「國家將亡，還顧得兒子！」他繼續的吃，漸漸的嚼得很慢了，大概嘴已麻木過去。

「我要睡了。」他極慢的說。說完倒在地上。

待了半天，我摸了摸他的手，還很溫軟。他極低微的說了聲：「謝謝！」

這是他的末一句話。雖然一直到夜半他還未曾斷氣，可是沒再發一語。

二十四　大鷹的死

大鷹的死——我不願用「犧牲」，因為他自己不以英雄自居——對他所希望的作用是否實現，和，假如實現，到了什麼程度，一時還不能知道。我所知道的是：他的頭確是懸掛起來，「看頭去」成為貓城中一時最流行的三個字。我沒肯看那人頭，可是細心的看了看參觀人頭的大眾。

小蠍已不易見到，他忙得連迷也不顧得招呼了，我只好到街上去看看。城中依然很熱鬧，不，我應當說更熱鬧：有大鷹的頭可以看，這總比大家爭看地上的一粒石子更有趣了。在我到了懸人頭之處以前，聽說，已經擠死了三位老人兩個女子。貓人的為滿足視官而犧牲是很可佩服的。看的人們並不批評與討論，除了擁擠與互罵似乎別無作用。沒有人問：這是誰？為什麼死？沒有。我只聽見些，臉上的毛很長。眼睛閉上了。只有頭，沒身子，可惜！

設若大鷹的死只惹起這麼幾句評斷，他無論怎說是死對了；和這麼群人一同活著有什麼味兒呢。

離開這群人，我向皇宮走去，那裡一定有些值得看的，我想。路上真難走。音樂繼續不斷的吹打，過了一隊又一隊，人們似乎看不過來了，又顧著細看人頭，又捨不得音樂隊，大家東撞撞西跑跑，似乎很不滿意只長著兩個眼睛。由他們的喊叫，我聽出來，這些樂隊都是結婚的迎娶前導。人太多，我只能聽見吹打，看不見新娘子是坐轎，還是被七個人抬著。我也無意去看，我倒是要問問，為什麼大難當頭反這麼急於結婚呢？沒地方去問；貓人是不和外國人講話的。回去找迷。她正在屋裡哭呢，見了我似乎更委屈了，哭得已說不出話。我勸了她半天，她才住聲，說：

「他走了，打戰去了，怎麼好！」

「他還回來呢，」我雖然是扯謊，可是也真希望小蠍回來，「我還要跟他一同去呢。他一定回來，我好和他一同走。」

「真的？」她帶著淚笑了。

「真的。你跟我出去吧，省得一個人在這兒哭。」

「我沒哭，」迷擦了擦眼，撲上點白粉，和我一同出來。

「為什麼現在這麼多結婚的呢？」我問。

假如能安慰一個女子，使她暫時不哭，是件功績，我只好以此原諒我的自私；我幾乎全沒為迷設想——小蠍戰死不是似乎已無疑了麼——只顧滿足我的好奇心。到如今我還覺得對不起她。

「每次有亂事，大家便趕快結婚，省得女的被兵丁給毀壞了。」迷說。

「可是何必還這樣熱鬧的辦呢？」我心中是專想著戰爭與滅亡。

「要結婚就得熱鬧，亂事是幾天就完的，婚事是終身的。」到底還是貓人對生命的解釋比我高明。她繼續著說：「咱們看戲去吧。」她信了我的謊話以後便忘了一切悲苦：「今天外務部部長娶兒媳婦，在街上唱戲。你還沒看過戲？」

我確是還沒看過貓人的戲劇，可是我以為去殺了在這種境況下還要唱戲的外務部長是比看戲更有意義。雖然這麼想，我到底不是去殺人的人，因此也就不妨先去看戲。近來我的辯證法已有些貓化了。

外務部長的家外站滿了兵。戲已開台，可是平民們不得上前；往前一擠，頭上便啪的一聲挨一大棍。貓兵確是會打——打自家的人。迷是可以擠進去的，兵們自然也不敢打我，可是我不願近前去看，因為唱和吹打的聲音在遠處就覺著難聽，離近了還不定怎樣刺耳呢。

聽了半天，只聽到亂喊亂響，不客氣的說，我對貓戲不能欣賞。

「你們沒有比這再安美雅趣一點的戲嗎？」我問迷。

「我記得小時候聽過外國戲，比這個雅趣。可是後來因為沒人懂那種戲，就沒人演唱了。外務部長他自己就是提倡外國戲的，可是後來聽一個人——一個外國人——說，我們的戲頂有價值，於是他就又提倡舊戲了。」

「將來再有個人——一個外國人——告訴他，還是外國戲有價值呢？」

「那也不見得他再提倡外國戲。外國戲確是好，可是深奧。他提倡外國戲的時候未必真明白它的深妙處，所以一聽人說，我們的戲好，他便立刻回過頭來。他根本不明白戲劇，可是願得個提倡戲劇的美名，那麼，提倡舊戲是又容易，又能得一般人的愛戴，一舉兩得，為什麼不這樣幹呢。我們有許多事是這樣，新的一露頭就完事，舊的因而更發達；真能明白新的是不容易的事，我們也就不多費那份精神。」

迷是受了小蠍的傳染，我猜，這決不會是她自己的意見；雖然她這麼說，可是隨說隨往前擠。我自然不便再釘問她。又看了會兒，我實在受不住了。

「咱們走吧？」我說。

迷似乎不願走，可是並沒堅執，大概因為說了那些話，不走有些不好意思。

我要到皇宮那邊看看，迷也沒反對。

皇宮是貓城裡最大的建築，可不是最美的。今天宮前特別的難看：牆外是兵，牆上是兵，沒有一處沒有兵。這還不算，牆上堆滿了爛泥，牆下的溝渠填滿了臭水。我不明白這爛泥臭水有什麼作用，問迷。

「外國人愛乾淨，」迷說，「所以每逢聽到外國人要打我們來，皇宮外便堆上泥，放上臭水；這樣，即使敵人到了這裡，也不能立刻進去，因為他們怕髒。」

我連笑都笑不上來了！

牆頭上露出幾個人頭來。待了好大半天，他們爬上來，全騎在牆上了。迷似乎很興奮：「上諭！上諭！」

「哪兒呢？」我問。

「等著！」

等了多大工夫，腿知道；我站不住了。

又等了許久，牆上的人繫下一塊石頭來，上面寫著白字。迷的眼力好，一邊看一邊「喲」。

「到底什麼事？」我有些著急。

「遷都！遷都！皇上搬家！壞了，壞了！他不在這裡，我可怎辦呢！」迷是真急了。本來，小蠍不在此地，叫她怎辦呢！

我正要安慰她，牆上又下來一塊石板。「快看！迷！」

「軍民人等不准隨意遷移，只有皇上和官員搬家。」她唸給我聽。

我很佩服這位皇上，只希望他走在半路上一跤跌死。可是迷反倒喜歡了：

「還好，大家都不走，我就不害怕了！」

我心裡說，大家怎能不走呢，官們走了，大家在此地哪裡得迷葉吃呢。正這麼想，牆上又下來一塊上諭。迷又讀給我聽：

「從今以後，不許再稱皇上為『萬哄之主』。大難臨頭，全國人民應一心一德，應稱皇上為『一哄之主』。」迷加了一句：「不哄敢情就好了！」然後往下念：「凡我軍民應一致抵抗，不得因私誤國！」我加上了一句：「那麼，皇上為什麼先逃跑呢？」

我們又等了半天，牆上的人爬下去，大概是沒有上諭了。迷要回去，看看小蠍回來沒有。我打算去看看政府各機關，就是進不去，也許能在外邊看見一些命令。我與她分手，她往東，我往西。東邊還是那麼熱鬧，娶親的唱戲的音樂遠射著刺耳的噪雜。西邊很清靜，雖然下了極重要的諭旨，可是沒有多少人來看，好像看結婚的是天下第一件要事。

我特別注意外務部。可是衙門外沒有一個人。等了半天，不見一個人出來。是的，部長家裡辦喜事，當然沒人來辦公；特別是在這外交吃緊的時節。不過，貓人有沒有外交，還是個問題，雖然有這麼個外務部。沒人，我要不客氣了，進去看看。裡面真沒有人。屋子也並沒關著。我可以自由參觀了。屋子裡什麼也沒有，除了堆著一些大石板，石板上都刻著「抗議」。我明白了：所謂外交者一定就是無論發生了什麼事便送去一塊「抗議」，外交官便是抗議專家。我想找到些外國給貓人的公文；找不到。大概對貓人的「抗議」，人家是永遠置之不理的。也別說，這樣的外交確是簡單省事。

不用再看別的衙門了，外務部既是這麼簡單，別的衙門裡還許連塊像「抗議」的石頭也沒有呢。

出來還往西走，衙門真多：妓女部，迷葉所，留洋部，抵制外貨局，肉菜廳，孤兒公賣局……這不過是幾個我以為特別有趣的名字，我看不懂的還多著呢。除了閒著便是作官，當然得多設一些衙門；我以為多，恐怕貓人還以為不夠呢。

一直往西走。這是我第一次走到西頭。想到外國城去看看，不，還是回去看看小蠍回來沒有。我改由街的那一邊往回走。沒遇上多少學生，大概都看人頭與聽戲去了。可是，走了半天，遇見一群學生，都在地上跪著，面前擺著一大塊石頭，上邊寫著幾個白字：「馬祖大仙之神位」。我知道，過去一問，他們準跑得一乾二淨；我輕輕的溜到後邊，也下跪，聽他們講些什麼。

最前面的立起來一個，站在石頭前面向大家喊：「馬祖主義萬歲！大家夫司基萬歲！撲羅普落撲拉撲萬歲！」大家也隨著喊。喊過之後，那個人開始對大家說話，大家都坐在地上。他說：「我們要打倒大神，專信馬祖大仙！我們要打倒家長，打倒教員，恢復我們的自由！我們要打倒皇上，實行大家夫司基！我們歡迎侵伐我們的外國人，他們是撲羅普落撲拉撲！我們現在就去捉皇上，把他獻給我們的外國同志！這是我們唯一的機會，馬上就要走。捉到了皇上，然後把家長教員殺盡，殺盡！殺盡他們，迷葉全是我們的，女子都是我們的，人民也都是我們的，作我們的奴隸！大家大司基是我們的，馬祖大仙說過：撲羅普落撲拉撲是地冬地冬的呀呀者的上層下層花拉拉！我們現在就到皇宮去！」

大家並沒動。「我們現在就走！」大家還是不動。

「好不好大家先回家殺爸爸？」有一位建議，「皇宮的兵太多，不要吃眼前虧！」

大家開始要往起站。

「坐下！那麼，先回家殺爸爸？」

大家彼此問答起來。

「殺了爸爸，誰給迷葉吃？」有一位這樣問。

「正是因為把迷葉都拿到手才殺爸爸！」有一位回答。

「現在我們的主張已不一致，可以分頭去作：殺皇上派的去殺皇上，殺爸爸派的去殺爸爸。」又是一個建議。

「但是馬祖大仙只說過殺皇上的觀識大加油，沒有說過殺爸爸——」

「反革命！」

「殺了那錯解馬祖大仙的神言的！」

我以為這是快打起來了。待了半天，誰也沒動手，可是亂得不可開交。慢慢的一群分為若干小群，全向馬祖大仙的神位立著嚷。又待了半天，一個人一組了，依舊向著石頭嚷。嚷來嚷去，大家嚷得沒力氣了，努著最後的力量向石頭喊了聲：「馬祖大仙萬歲！」各自散去。

什麼把戲呢？

二十五 貓人的最大缺點

對貓人我不願再下什麼批評；批評一塊石頭不能使它成為美妙的雕刻。凡是能原諒的地方便加倍的原諒；無可原諒的地方只好歸罪於他們國的風水不大好。

我去等小蠍，希望和他一同到前線上去看看。對火星上各國彼此間的關係，我差不多完全不曉得。問迷，她只知道外國的粉比貓人造得更細更白，此外，一問一個搖頭。搖頭之後便反攻：「他怎還不回來呢?!」我不能回答這個，可是我願為全世界的婦女禱告：世界上永不再發生戰爭！

等了一天，他還沒回來。迷更慌了。貓城的作官的全走淨了，白天街上也不那麼熱鬧了，雖然還有不少參觀大鷹的人頭的。打聽消息是不可能的事；沒人曉得國事，雖然「國」字在這裡用得特別的起勁：迷葉是國食，大鷹是國賊，溝裡的臭泥是國泥……有心到外國城去探問，又怕小蠍在這個當兒回來。迷是死跟著我，口口聲聲：「咱們也跑吧？人家都跑了！花也跑了！」我只有搖頭，說道不出來什麼。

又過了一天，他回來了。他臉上永遠帶著的那點無聊而快活的神氣完全不見了。迷喜歡得連一句話也說不出，只帶著眼淚盯著他的臉。我容他休息了半天才敢問：「怎樣了？」

「沒希望！」他嘆了口氣。

迷看我一眼，看他一眼，蓄足了力量把句早就要說而不敢說的話擠出來：「你還走不走？」

小蠍沒看著她，搖了搖頭。

我不敢再問了，假如小蠍說謊呢，我何必因追問而把實話套出來，使迷傷心呢！自然迷也不見得就看不出來小蠍是否騙她。

休息了半天，他說去看他的父親。迷一聲不出，可是似乎下了決心跟著他。小蠍有些轉磨；他的謊已露出一大半來了。我要幫助他騙迷，但是她的眼神使我退縮回來。小蠍還在屋裡轉，迷真悶不住了：「你上哪裡我上哪裡！」隨著流下淚來。小蠍低著頭，似乎想了半天：「也好吧！」

我該說話了：「我也去！」

當然不是去看大蠍。

我們往西走，一路上遇見的人都是往東的，連軍隊也往東走。

「為什麼敵人在西邊而軍隊往東呢？」我不由的問出來。

「因為東邊平安！」小蠍咬牙的聲音比話響得多。

我們遇見了許多學者，新舊派分團往東走，臉上帶著非常高興的神氣。有幾位過來招呼小蠍：「我們到東邊去見皇帝！開御前學者會議！救國是大家的事，主意可是得由學者出，學者！前線上到底有多少兵？敵人是不是要佔領貓城？假如他們有意攻貓城，我們當然勸告皇帝再往東遷移，當然的！光榮的皇上，不忘記了學者！光榮的學者，要盡忠於皇帝！」小蠍一聲沒出。學者被皇上召見的光榮充滿，毫不覺得小蠍的不語是失禮的。這群學者過去，小蠍被另一群給圍上；這一群人的臉上好像都是剛死了父親，神氣一百二十分的難看：「幫幫我們！大人！為什麼皇上召集學者會議而沒有我們？我們的學問可比那群東西的低？我們的名望可比那群東西的小？我們是必須去的，不然，還有誰再稱我們為學者？大人，求你托託人情，把我們也加入學者會議！」小蠍還是一語沒發。學者們急了：「大人要是不管，可別怪我們批評政府，叫大家臉上無光！」小蠍拉著迷就走，學者都放聲哭起來。

又來了軍隊，兵丁的脖子上全拴著一圈紅繩。我一向沒見過這樣的軍隊，又不好意思問小蠍，我知道他已經快被那群學者氣死了。小蠍看出我的心意來，他忽然瘋了似的狂笑：「你不曉得這樣的是什麼軍隊？這就是國家夫司基軍。別國有過這樣的組織，脖子上都戴紅繩作標幟。國家夫司基軍，在別國，是極端的愛國，有國家沒個人。一個褊狹而熱烈的夫司基。我們的紅繩軍，你現在看見了，也往平安地方調動呢，大概因為太愛國了，所以沒法不先謀自己的安全，以免愛國軍的解體。被敵人殺了還怎能再愛國呢？你得想到這一層！」小蠍又狂笑起來，我有點怕他真是瘋了。我不敢再說什麼，只一邊走一邊看那紅繩軍。在軍隊的中心有個坐在十幾個兵士頭上的人，他項上的紅繩特別的粗。小蠍看了他一眼，低聲向我說：「他就是紅繩軍的首領！他想把政府一切的權柄全拿在他一人手裡，因為別國有因這麼辦而強勝起來的。現在他還沒得到一切政權，可是他比一切人全厲害——我所謂的厲害便是狡猾。我知道他這是去收拾皇上，實行獨攬大權的計劃，我知道！」

「也許那麼著貓國可以有點希望？」我問。

「狡猾是可以得政權，不見得就能強國，因為他以他的志願為中心，國家兩個字並不在他的心裡。真正愛國的是向敵人灑血的。」

我看出來：敵人來到是貓人內戰的引火線。我被紅繩軍的紅繩弄花了眼，看見一片紅而不光榮的血海，這些軍人在裏邊泅泳著。

我們已離開了貓城。我心裡不知為什麼有個不能再見這個城的念頭。又走了不遠，遇見一群貓人，對於我這又是很新奇的：他們的身量都很高，樣子特別的傻，每人手裡都拿著根草。迷，半天沒說一句話，忽然出了聲：「好啦，西方的大仙來了！」

「什麼？」小蠍，對迷向來沒動過氣的，居然是聲色俱厲了！迷趕緊的改嘴：「我並不信大仙！」

我知道因我的發問可以減少他向迷使氣：「什麼大仙？」

小蠍半天也沒回答我，可是忽然問了我一句：

「你看，貓人的最大缺點在哪裡？」

這確是個難以回答的問題，我一時回答不出。

小蠍自己說了：「糊塗！」我知道他不是說我糊塗。

又待了半天，小蠍說：「你看，朋友，糊塗是我們的要命傷。在貓人裡沒有一個是充分明白任何事體的。因此他們在平日以摹仿別人表示他們多知多懂，其實是不懂裝懂。及至大難在前，他們便把一切新名詞撇開，而翻著老底把那最可笑的最糊塗的東西——他們的心靈底層的岩石——拿出來，因為他們本來是空洞的，一著急便顯露了原形，正如小孩急了便喊媽一樣。我們的大家夫司基的信徒一著急便喊馬祖大仙，而馬祖大仙根本的是個最不迷信的人。我們的革命家一著急便搬運西方大仙，而西方大仙是世上最沒仙氣最糊塗的只會拿草棍的人。問題是沒有人懂的，等到問題非立待解決不可了，大家只好求仙。這是我們必亡的所以然，大家糊塗！

「經濟，政治，教育，軍事等等不良足以亡國，但是大家糊塗足以亡種，因為世界上沒有人以人對待糊塗像畜類的人的。這次，你看著，我們的失敗是無疑的了；失敗之後，你看著，敵人非把我們殺盡不可，因為他們根本不拿人對待我們，他們殺我們正如屠宰畜類，而且決不至於引起別國的反感，人們看殺畜類是不十分動心的；人是殘酷的，對他所不崇敬的——他不崇敬糊塗人——是毫不客氣的去殺戮的。你看著吧！」

我真想回去看看西方大仙到底去作些什麼，可是又捨不得小蠍與迷。

在一個小村裡我們休息了一會兒。所謂小村便是只有幾處塌倒的房屋，並沒有一個人。

「在我的小時候，」小蠍似乎想起些過去的甜蜜，「這裡是很大的一個村子。這才幾年的工夫，連個人影也看不到了。滅亡是極容易的事！」

他似乎是對他自己說呢，我也沒細問他這小村所以滅亡的原因，以免惹他傷心。

我可以想像到：革命，革命，每次革命要戰爭，而後誰得勝誰沒辦法，因為只顧革命而沒有建設的知識與熱誠，於是革命一次增多一些軍隊，增多一些害民的官吏；在這種情形之下，人民工作也是餓著，不工作也是餓著，於是便逃到大城裡去，或是加入只為得幾片迷葉的軍隊，這一村的人便這樣死走逃亡淨盡。革命而沒有真知識，是多麼危險的事呢！什麼也救不了貓國，除非他們知道了糊塗是他們咽喉上的繩子。

我正在這麼亂想，迷忽然跳起來了，「看那邊！」

西邊的灰沙飛起多高，像忽然起了一陣怪風。

小蠍的唇顫動著，說了聲：「敗下來了！」

二十六　貓國衰亡的真因

「你們藏起去！」小蠍雖然很鎮靜，可是顯出極關切的樣子，他的眼向來沒有這麼亮過。「我們的兵上陣雖不勇，可是敗下來便瘋了。快藏起去！」他面向著西，可是還對我說：「朋友，我把迷託付給你了！」他的臉還朝著西，可是背過一隻手來，似乎在萬忙之中還要摸一摸迷。

迷拉住他的手，渾身哆嗦著說：「咱們死在一處！」

我是完全莫名其妙。帶著迷藏起去好呢，還是與他們兩個同生死呢？死，我是不怕的；我要考慮的是哪個辦法更好一些。我知道：設若有幾百名兵和我拚命，我那把手槍是無用的。我顧不得再想，一手拉住一個就往村後的一間破房裡跑。不知道我是怎樣想起來的，我的計劃——不，不是計劃，因為我已顧不得細想；是直覺的一個閃光，我心裡那麼一閃，看出這麼條路來：我們三個都藏起去，等到大隊過去，我可以冒險去捉住一個散落的兵，便能探問出前線的情形，而後再作計較。不幸而被大隊——比如說他們也許在此地休息一會兒——給看見，我只好盡那把手槍所能為的抵擋一陣，其餘便都交給天了。

但是小蠍不幹。他似乎有許多不幹的理由，可是顧不得說；我是莫名其妙。他不跑，自然迷也不會聽我的。我又不知道怎樣好了。西邊的塵土越滾越近；貓人的腿與眼的厲害我是知道的；被他們看見，再躲就太晚了。

「你不能死在他們手裡！我不許你那麼辦！」我急切的說，還拉著他們倆。

「全完了！你不必賠上一條命；你連迷也不用管了，隨她的便吧！」小蠍也極堅決。

講力氣，他不是我的對手；我摟住了他的腰，半抱半推的硬行強迫；他沒掙扎，他不是撒潑打滾的人。迷自然緊跟著我。這樣，還是我得了勝，在村後的一間破屋藏起來。我用幾塊破磚在牆上堆起一個小屏，順著磚的孔隙往外看。小蠍坐在牆根下，迷坐在一旁，拉著他的手。

不久，大隊過來了。就好像一陣怪風裹著灰沙與敗葉，整團的前進。嘈雜的聲音一陣接著一陣，忽然的聲音小了一些，好像波濤猛然低降，我閉著氣等那波浪再猛孤丁的湧起。人數稀少的時候，能看見兵們的全體，一個個手中連木棍也沒有，眼睛只盯著腳尖，驚了魂似的向前跑。現象的新異使我膽寒。一個軍隊，沒有馬鳴，沒有旗幟，沒有刀槍，沒有行列，只在一片熱沙上奔跑著無數的裸體貓人，個個似因驚懼而近乎發狂，拚命的急奔，好似嚇狂了的一群，一地，一世界野人。向來沒看見過這個！設若他們是整著隊走，我決不會害怕。

好大半天，兵們漸漸稀少了。我開始思想了：兵們打了敗仗，小蠍幹什麼一定要去見他們呢？這是他父親的兵，因打敗而和他算賬？這在情理之中。但是小蠍為何不躲避他們而反要迎上去呢？想不出道理來。因迷惑而大了膽，我要冒險去拿個貓兵來。除了些破屋子，沒有一棵樹或一個障礙物；我只要跳出去，便得被人看見！又等了半天，兵們更稀少了，可是個個跑得分外的快；大概是落在後面特別的害怕而想立刻趕上前面的人們。去追他們是無益的，我得想好主意。

好吧，試試我的槍法如何。我知道設若我若打中一個，別人決不去管他。

前面的人聽見槍響也決不會再翻回頭來。可是怎能那麼巧就打中一個人正好不輕不重而被我生擒了來呢？再說，打中了他，雖然沒打到致命的地方，而還要審問他，槍彈在肉裡面還被審，我沒當過軍官，沒有這分殘忍勁兒。這個計策不高明。

兵們越來越少了。我怕起來：也許再待一會兒便一個也剩不下了。我決定出去活捉一個來。反正人數已經不多，就是被幾個貓兵圍困住，到底我不會完全失敗。不能再耽延了，我掏出手槍，跑出去。事情不永遠像理想的那麼容易，可也不永遠像理想的那麼困難。假如貓兵們看見了我就飛跑，管保追一天我也連個影也捉不到。可是居然有一個兵，忽然的看見我，就好像小蛙見了水蛇，一動也不動的呆軟在那兒了。其餘的便容易了，我把他當豬似的扛了回來。他沒有喊一聲，也沒掙扎一下；或者跑得已經過累，再加上驚嚇，他已經是半死了。

把他放在破屋裡，他半天也沒睜眼。好容易他睜開眼，一看見小蠍，他好像身上最嬌嫩的地方挨了一刺刀似的，意思是要立起來撲過小蠍去。我握住他的胳臂。他的眼睛似是發著火，有我在一旁，他可是敢怒而不敢言。

小蠍好像對這個兵一點也不感覺興趣，他只是拉著迷的手坐著發呆。我知道，我設若溫和的審問那個兵，他也許不回答；我非恐嚇他不可。恐嚇得到了相當的程度，我問他怎樣敗下來的。

他似乎已忘了一切，呆了好大半天他好像想起一點來：「都是他！」指著小蠍。

小蠍笑了笑。

「說！」我命令著。

「都是他！」兵又重複了一句。我知道貓人的好哆嗦，忍耐著等他把怒氣先放一放。

「我們都不願打仗，偏偏他騙著我們去打。敵人給我們國魂，他，他不許我們要！可是他能，只能，管著我們；那紅繩軍，這個軍，那個軍，也全是他調去的，全能接了外國人的國魂平平安安的退下來，只剩下我們被外國人打得魂也不知道上哪裡去！我們是他爸爸的兵，他反倒不照應我們，給我們放在死地！我們有一個人活著便不能叫他好好的死！他爸爸已經有意把我們撤回來，他，他不幹！人家那平安退卻的，既沒受傷，又可以回去搶些東西；我們，現在連根木棍也沒有了，叫我們怎麼活著?!」他似乎是說高興了，我和小蠍一聲也不出，聽著他說；小蠍或者因心中難過也許只是不語而並沒聽著，我呢，兵的每句話都非常的有趣，我只盼望他越多說越好。

「我們的地，房子，家庭，」兵繼續的說，「全叫你們弄了去；你們今天這個，明天那個，越來官越多，越來民越窮。搶我們，騙我們，直落得我們非去當兵不可；就是當兵幫助著你們作官的搶，你們到底是拿頭一份，你們只是怕我們不再幫助你們，才分給我們一點點。到了外國人來打你們，來搶你們的財產，你叫我們去死，你個瞎眼的，誰能為你們去賣命！我們不會作工，因為你們把我們的父母都變成了兵，使我們自幼就只會當兵；除了當兵我們沒有法子活著！」他喘了一口氣。我乘這個機會問了他一句：

「你們既知道他們不好，為什麼不殺了他們，自己去辦理一切呢？」

兵的眼珠轉開了，我以為他是不懂我的話，其實他是思索呢。呆了一會兒，他說：「你的意思是叫我們革命？」

我點了點頭；沒想到他會知道這麼兩個字——自然我是一時忘了貓國革命的次數。

「不用說那個，沒有人再信！革一回命，我們丟點東西，他們沒有一個不壞的。就拿那回大家平分地畝財產說吧，大家都是樂意的；可是每人只分了一點地，還不夠種十幾棵迷樹的；我們種地是餓著，不種也是餓著，他們沒辦法；他們，尤其是年青的，只管出辦法，可是不管我們肚子餓不餓。不治肚子餓的辦法全是糊塗辦法。我們不再信他們的話，我們自己也想不出主意，我們只是誰給迷葉吃給誰當兵；現在連當兵也不准我們了，我們非殺不可了，見一個殺一個！叫我們和外國人打仗便是殺了我們的意思，殺了我們還能當兵吃迷葉嗎？他們的迷葉成堆，老婆成群，到如今連那點破迷葉也不再許我們吃，叫我們去和外國人打仗，那只好你死我活了。」

「現在你們跑回來，專為殺他？」我指著小蠍問。

「專為殺他！他叫我們去打仗，他不許我們要外國人給的國魂！」

「殺了他又怎樣呢？」我問。

他不言語了。

小蠍是我經驗中第一個明白的貓人，而被大家恨成這樣；我自然不便，也沒工夫，給那個兵說明小蠍並非是他所應當恨的人。他是誤以小蠍當作官吏階級的代表，可是又沒法子去打倒那一階級，而只想殺了小蠍出口氣。這使我明白了一個貓國的衰亡的真因：有點聰明的想指導著人民去革命，而沒有建設所必需的知識，於是因要解決政治經濟問題而自己被問題給裹在旋風裡；人民呢經過多少次革命，有了階級意識而愚笨無知，只知道受了騙而一點辦法沒有。上下糊塗，一齊糊塗，這就是貓國的致命傷！帶著這個傷的，就是有亡國之痛的刺激也不會使他們咬著牙立起來抵抗一下的。

該怎樣處置這個兵呢？這倒是個問題。把他放了，他也許回去調兵來殺小蠍；叫他和我們在一塊，他又不是個好伴侶。還有，我們該上哪裡去呢？

天已不早了，我們似乎應當打主意了。小蠍的神氣似乎是告訴我：他只求速死，不必和他商議什麼。迷自然是全沒主張。我是要盡力阻止小蠍的死，明知這並無益於他，可是由人情上看我不能不這麼辦。上哪裡去呢？回貓城是危險的；往西去？正是自投羅網，焉知敵人現在不是正往這裡走呢！想了半天，似乎只有到外國城去是萬全之策。

但是小蠍搖頭。是的，他肯死。也不肯去丟那個臉。他叫我把那個兵放了：「隨他去吧！」

也只好是隨他去吧。我把那個兵放了。

天漸漸黑上來；異常的，可怕的，靜寂！心中準知道四外無人，準知道遠處有許多潰兵，準知道前面有敵人襲來，這個靜寂好像是在荒島上等著風潮的突起，越靜心中越緊張。自然貓國滅亡，我可以到別國去，但是為我的好友，小蠍，設想，我的心似乎要碎了！一間破屋中過著亡國之夕，這是何等的悲苦。就是對於迷，現在我也捨不得她了。在亡國的時候才理會到一個「人」與一個「國民」相互的關係是多麼重大！這個自然與我無關，但是我必須為小蠍與迷設想，這麼著我才能深入他們的心中，而分擔一些他們的苦痛；安慰他們是沒用的，國家滅亡是民族愚鈍的結果，用什麼話去安慰一兩個人呢？亡國不是悲劇的舒解苦悶，亡國不是詩人的正義之擬喻，它是事實，是鐵樣的歷史，怎能純以一些帶感情的話解說事實呢！我不是讀著一本書，我是聽著滅亡的足音！我的兩位朋友當然比我聽的更清楚一些。他們是詛咒著，也許是甜蜜的追憶著，他們的過去一切；他們只有過去而無將來。他們的現在是人類最大的恥辱正在結晶。

天還是那麼黑，星還是那麼明，一切還是那麼安靜，只有亡國之夕的眼睛是閉不牢的。我知道他們是醒著，他們也知道我沒睡，但是誰也不能說話，舌似乎被毀滅的指給捏住，從此人與國永不許再出聲了。世界上又啞了一個文化，它的最後的夢是已經太晚了的自由歌唱。它將永不會再醒過來。它的魂靈只能向地獄裡去，因為它生前的紀錄是歷史上一個污點。

二十七 貓國的滅亡

大概是快天亮了，我朦朧的睡去。

嘡！嘡！兩響！我聽見已經是太晚了。我睜開眼——兩片血跡，兩個好朋友的身子倒在地上，離我只有二尺多遠。我的，我的手槍在小蠍的身旁！

要形容我當時的感情是不可能的。我忘了一切，我不知道心裡哪兒發痛。我只覺得兩個活潑潑的青年瞪著四個死定的眼看著我呢。活潑潑的？是的，我一時腦子裡不能轉彎了，想不到他們會停止了呼吸的。他們看著我，但是並沒有絲毫的表情，他們像捉住一些什麼肯定的意義，而只要求我去猜。

我看著他們，我的眼酸了，他們的還是那樣的注視。他們把個最難猜透的謎交給我，而我忘了一切。我想不出任何方法去挽回生命；在他們面前我覺得到人生的脆弱與無能。

我始終沒有落淚；除了他們是躺著，我是立著，我完全和他們一樣的呆死。無心的，我蹲下，摸了摸他們，還溫暖，只是沒有了友誼的回應；他們的一切只有我所知道的那點還存在著，其餘的，他們自己已經忘了。死或者是件靜美的事。

迷是更可憐的。一個美好的女子豈是為亡國預備的呢。我的心要碎了。民族的罪惡懲罰到他們的姊妹妻母；就算我是上帝，我也得後悔為這不爭氣的民族造了女子！

我明白小蠍，所以我更可憐迷；她似乎無論怎樣也不應當死；小蠍有必死的理由。可是，與國家同死或者不需要什麼辯論？民族與國家，在這個世界上，還有種管轄生命的力量。這個力量的消失便是死亡，那不肯死的只好把身體變作木石，把靈魂交與地獄。我更愛迷與小蠍了。我恨不能喚醒他們，告訴他們，他們是純潔的，他們的靈魂還是自己的。我恨不能喚起他們，帶他們到地球上來享受生命一切應有的享受。

幻想是無益的；除了幻想卻只有悲哀。我無論怎樣幻想，他們只是呆呆的不動；他們似乎已忘了我是個好朋友。不管我心中怎樣疼痛，他們一點也不欣賞，生死之間似隔著幾重天。生是一切，死是一切，生死中間隔著個無限大的不可知。我似乎能替花鳥解釋一些什麼，我不能使他們再出一聲。死的緘默是絕對的真實：我不知怎樣好了，可是他們決定不再動了。我覺不到生命還有什麼意義。

就是那麼呆呆的守著他們，一直到太陽出來。他們的形體越來越看得清楚，我越覺得沒有主張。光射在迷的臉上，還是那麼美好，可愛，只是默默不語。小蠍的頭窩在牆角，臉上還不時的帶出那種無聊的神氣，好像死還沒醫治了他的悲觀，迷的臉上一點害怕的樣子沒有了。

我不能再守著他們。這是我心中忽然覺出來的。設若再繼續下去，我一定會瘋。離開他們？這麼一想，我那始終沒落的眼淚雨似的落下來。茫茫大地，我到哪裡去？捨了兩個好朋友，獨自去遊浪，這比我離開地球的時候難堪得多多了。異地的孤寂是難以擔當的，況且是由於死別，他們的死將永遠追隨著我。我哭了不知好久，我雙手拉住他們，幾乎是喊著：迷，小蠍，再見了！

顧不得埋掩他們，我似乎只要再耽誤一秒鐘，便永不能起身了。咬一咬牙，拾起我的手槍，跳出破牆。走開幾步，我回頭看了看；決定不再回去，叫他們的屍身腐爛在那裡，我不能再回去！我罵我自己，不祥的人，由地球上同來的朋友死在這裡，現在又眼看著他們倆這樣，我應當永不再交朋友！

往哪裡走？回貓城，當然的。那是我的家。

路上一個人不見，死籠罩住一切。天空是灰的，灰黃的路上臥著幾個死兵，白尾鷹們正在啄食，上下飛舞，尖苦的叫著。我走得飛快，可是眼中時常看見迷的笑，耳中似乎聽到小蠍慣說的字句，他們是追隨著我呢。

快到了貓城，我的心跳得緊；是希冀，是恐怖，我說不清。到了，沒有一個人。街上臥著，東一個，西一個，許多婦女。兵們由此經過，我猜得出其中的道理。「花也跑了！」我似乎又聽見迷在我耳旁說。

是的，花要是不走，也必定被兵們害死。我顧不得細看，一直往前跑，到了大鷹的頭懸掛所在，他還在那裡守著這空城，頭上的肉已被鷹鳥啄盡。他是這死寂貓城的靈魂。跑到小蠍的住處，什麼也沒有了，連牆都推倒了兩處。

兵們沒有把小蠍的任何東西留下，我真願意得著一點，無論是什麼，作個紀念物。我只好走吧，這個地方的一磚一石都能引下我的淚。

我往東去，我知道人們都在那邊。回頭看了看，灰空中立著個死城！

向大蠍的迷林走去，這是我認識的一條路。路上那個小村已經沒人了，我知道兵們一定已由此經過了。

到了迷林，沒有人。我坐在樹下休息了一會兒。還得走，靜寂逼迫著我動作。向前走到我常洗澡的沙灘那裡，從霧氣中我看見些行人往西來。我猜想，這或者是大局已有轉機，所以人們又要回貓城去。

一會兒比一會兒人多了，有許多貴人還帶著不少的兵。我坐在河岸上一邊休息一邊觀察。人越來越多，帶兵的人們似乎都爭著往前跑，像急於去得到一些利益似的。

一來二去，因為爭路，兵們開始打起來，而且貴人們親自指揮著。我莫名其妙。貓人的戰爭是不易見勝負的，大家只用木棍相擊，輕易不致打倒一個；打的工夫還不如轉的工夫多，你躲我，我躲你，非趕到有人失神，木棍是沒有碰到身上的機會。

工夫大了，大家還是亂轉，而且是越轉相距越遠。有一隊，一邊打，一邊往前轉，大概是指揮人要乘著大家亂打的當兒，把他的兵轉到前面去，好繼續往西走。這一隊離河岸較近，我認出來，為首的是大蠍。他到底是有些策略。又待了一會兒，他的兵們全轉在前面來了，果然不出我所料，他們一擺脫便向前急進。

我的機會到了。似乎是飛呢，我趕上了大蠍。

他似乎很願意見著我，同時又似乎連講話都顧不得，急於往前跑。我一邊喘一邊問他，幹什麼去。

「請跟我去！跟我去！」他十分懇切的說，「敵人就快到貓城了！也許已過了那裡，說不定！」

我心中痛快了一些，大概是到了不能不戰的時候了，大家一齊去保護貓城，我想。

可是，大家要都是去迎敵，為什麼半路上自己先打起來呢？我想的不對！我告訴大蠍，他不告訴我幹什麼去，我不能跟他走。

他似乎不願說實話，可是又好像很需要我，而且他知道我的脾氣，他說了實話：

「我們去投降，誰先到誰能先把京城交給敵人，以後自不愁沒有官作。」

「請吧！」我說，「沒那個工夫陪你去投降！」沒有再和他說第二句話，我便扭頭往回走。

後面的兵也學著大蠍，一邊打一邊前進了。我看見那位紅繩軍的領袖也在其中，仍舊項上繫著極粗的紅繩，精神百倍的爭著往前去投降。

我正看著，前面忽然全站定了。轉過頭來，敵人到了，已經和大蠍打了對面。這我倒要看看了，看大蠍怎樣投降。

我剛跑到前面，後面的那些領袖也全飛奔前來。紅繩軍的首領特別的輕快像個燕子似的，一落便落在大蠍的前面，向敵人跪好。後面的領袖繼續也全跪好，就好像咱們老年間大家庭出殯的時候，靈前跪滿了孝子賢孫。

這是我第一次看見貓人的敵軍。他們的身量，多數都比貓人還矮些。看他們臉上的神氣似乎都不大聰明，可是分明的顯出小氣與毒狠的樣子。

我不知道他們的歷史與民性，無從去判斷，他們給我的第一個印象是這樣罷了。他們手裡都拿條像鐵似的短棍，我不知道它們有什麼用處。

等貓人首領全跪好了，矮人們中的一個，當然是長官了，一抬手，他後面的一排兵，極輕巧的向前一躥，小短棍極準確的打在大蠍們的頭上。

我看得清楚極了，大蠍們全一低頭，身上一顫，倒在地上，一動也不動了。莫非短棍上有電？不知道。

後面的貓人看見前面投降的首領全被打死，哎呀，那一聲喊，就好像千萬個刀放在脖子上的公雞。喊了一聲，就好像比聲音還快，一齊向後跑去。一時被擠倒的不計其數，倒了被踩死的也很多。敵人並沒有追他們。大蠍們的屍首被人家用腳踢開，大隊慢慢的前進。

我想起小蠍的話：「敵人非把我們殺盡不可！」

可是，我還替貓人抱著希望：投降的也是被殺，難道還激不起他們的反抗嗎？他們假如一致抵抗，我不信他們會滅亡。我是反對戰爭的，但是我由歷史上看，戰爭有時候還是自衛的唯一方法；遇到非戰不可的時候，到戰場上去死是人人的責任。褊狹的愛國主義是討厭的東西，但自衛是天職。我理想著貓人經過這一打擊，必能背城一戰，而且勝利者未必不是他們。

我跟著大隊走。那方才沒被踩死而跑不了的，全被矮兵用短棍結果了性命。我不能承認這些矮子是有很高文化的人，但是拿貓人和他們比，貓人也許比他們更低一些。

無論怎說，這些矮人必是有個，假如沒有別的好處，國家觀念。國家觀念不過是擴大的自私，可是它到底是「擴大」的；貓人只知道自己。

幸而和小蠍起行的時候，身旁帶了些迷葉，不然我一定會餓死的。我遠遠的跟著矮人的大隊，不要說是向他們乞求點吃食，就是連挨近他們也不敢。焉知他們不拿我當作偵探呢。

一直的走到我的飛機墜落處，他們才休息一下。我在遠遠望著，那只飛機引起了他們注意，這又是他們與貓人不同之處，這群人是有求知心的。我想起我的好友，可憐，他的那些殘骨也被他們踐踏得粉碎了！

他們休息了一會兒，有一部分的兵開始掘地。工作得很快，看著他們那麼笨手笨腳的，可是說作便作，不遲疑，不懶散，不馬馬虎虎，一會兒的工夫他們挖好了深大的一個坑。

又待了一會兒，由東邊來了許多貓人，後面有幾個矮子兵趕著，就好像趕著一群羊似的。趕到了大坑的附近，在此地休息著的兵把他們圍住，往坑裡擠。貓人的叫喊真足以使鐵作的心也得碎了，可是矮兵們的耳朵似乎比鐵還硬，拿著鐵棒一個勁兒往坑裡趕。

貓人中有男有女，而且有的婦女還抱著小娃娃。我的難過是說不出來的，但是我沒法去救他們。我閉上眼，可是那哭喊的聲音至今還在我的耳旁。哭喊的聲音忽然小了，一睜眼，矮獸們正往坑中填土呢。整批的活埋！這是貓人不自強的懲罰。我不知道恨誰好，我只得了一個教訓：

不以人自居的不能得人的待遇；一個人的私心便足以使多少多少同胞受活埋的暴刑！

要形容一切我所看見的，我的眼得哭瞎了；矮人們是我所知道的人們中最殘忍的。貓國的滅亡是整個的，連他們的蒼蠅恐怕也不能剩下幾個。

在最後，我確是看見些貓人要反抗了，可是他們還是三個一群，五個一夥的幹；他們至死還是不明白合作。

我曾在一座小山裡遇見十幾個逃出來的貓人，這座小山是還未被矮兵佔據的唯一的地方；不到三天，這十幾個避難的互相爭吵打鬧，已經打死一半。及至矮兵們來到山中，已經剩了兩個貓人，大概就是貓國最後的兩個活人。

敵人到了，他們兩個打得正不可開交。矮兵們沒有殺他們倆，把他們放在一個大木籠裡，他們就在籠裡繼續作戰，直到兩個人相互的咬死；這樣，貓人們自己完成了他們的滅絕。

我在火星上又住了半年，後來遇到法國的一只探險的飛機，才能生還我的偉大的光明的自由的中國。

老舍作品精選：7

貓城記【經典新版】

作者：老舍
發行人：陳曉林
出版所：風雲時代出版股份有限公司
地址：10576台北市民生東路五段178號7樓之3
電話：(02) 2756-0949
傳真：(02) 2765-3799
執行主編：劉宇青
美術設計：吳宗潔
行銷企劃：林安莉
業務總監：張瑋鳳

初版日期：2021年12月
ISBN：978-986-352-969-9

風雲書網：http://www.eastbooks.com.tw
官方部落格：http://eastbooks.pixnet.net/blog
Facebook：http://www.facebook.com/h7560949
E-mail：h7560949@ms15.hinet.net
劃撥帳號：12043291
戶名：風雲時代出版股份有限公司

風雲發行所：33373桃園市龜山區公西村2鄰復興街304巷96號
電話：(03) 318-1378
傳真：(03) 318-1378
法律顧問：永然法律事務所 李永然律師
　　　　　北辰著作權事務所 蕭雄淋律師

行政院新聞局局版台業字第3595號 營利事業統一編號22759935

定價：240元

國家圖書館出版品預行編目資料

老舍作品精選. 7：貓城記 / 老舍著. -- 臺北市：風雲時代出版股份有限公司, 2021.03　面；　公分

ISBN 978-986-352-969-9 (平裝)

857.7　　109021933